Les Éditions du Boréal
4447, rue Saint-Denis
Montréal (Québec) H2J 2L2
www.editionsboreal.qc.ca

# POUSSIÈRE
# SUR LA VILLE

DU MÊME AUTEUR

*Évadé de la nuit,* Le Cercle du Livre de France, 1951, 1966.

*Poussière sur la ville,* Le Cercle du Livre de France, 1953, 1972, 1977 ; Robert
Laffont, 1955 ; avec présentation et annotations de Renald Bérubé,
Éditions du Renouveau pédagogique, 1969 ; Éditions Marquis, 1972,
1977 ; Pierre Tisseyre, 1992, 2001, 2010.

*Le Temps des hommes,* Le Cercle du Livre de France, 1956 ; Robert Laffont,
1958.

*L'Œil du peuple,* pièce en trois actes, Le Cercle du Livre de France, 1958.

*La Télévision, du noir à la couleur,* La Farandole, 1959.

*L'Élan d'Amérique,* Le Cercle du Livre de France, 1972 ; Denoël, 1973 ;
Boréal, coll. « Boréal compact », 2013.

*Une chaîne dans le parc,* Le Cercle du Livre de France, Éditions Marquis
et Julliard, 1974 ; Boréal, coll. « Boréal compact », 2013.

André Langevin

# POUSSIÈRE
# SUR LA VILLE

*roman*

Boréal

© Les Éditions du Boréal 2014
Dépôt légal : 2ᵉ trimestre 2014
Bibliothèque et Archives nationales du Québec

Diffusion au Canada : Dimedia
Diffusion et distribution en Europe : Volumen

*Catalogage avant publication de Bibliothèque et Archives nationales du Québec
et Bibliothèque et Archives Canada*

Langevin, André, 1927-2009

    Poussière sur la ville

    (Boréal compact ; 274)
    Éd. originale : Montréal : Cercle du livre de France, 1953.

    ISBN 978-2-7646-2337-4

    I. Titre.

PS8523.A56P6    2014    C843'.54    C2014-941008-5

PS9523.A56P6    2014

ISBN PAPIER 978-2-7646-2337-4

ISBN PDF 978-2-7646-3337-3

ISBN ePUB 978-2-7646-4337-2

*Les amarres de nos bras se*
*détachent pour un voyage mortel*
*Les liens de nos étreintes tombent d'eux-mêmes*
*Et s'en vont à la dérive vers notre couche*
*Qui s'étend maintenant comme un désert*

SAINT-DENYS GARNEAU

# PREMIÈRE PARTIE

# 1

Une grosse femme, l'œil mi-clos dans la neige me dévisage froidement. Je la regarde moi aussi, sans la voir vraiment, comme si mon regard la transperçait et portait plus loin, très loin derrière elle. Je la reconnais vaguement. Une mère de plusieurs enfants qui habite dans le voisinage. Cela dure une demi-minute au moins, j'en jurerais. Puis elle s'en va d'un pas lent et lourd qui troue silencieusement la neige. J'écrase ma cigarette sur le mur contre lequel je suis adossé et je comprends tout à coup. La bonne femme a dû me croire fou ou ivre. Il est presque minuit. Un vent violent fait tournoyer une neige fine dans la rue déserte. Et, tête nue, sans pardessus, je contemple ma maison.

Dans la cabane de Jim, le chauffeur de taxi, le téléphone sonne sans répit, comme toutes les nuits. Un son grêle, haché par le vent. On a l'impression que le gros Jim est mort et que la sonnerie ne s'interrompra que lorsqu'on aura découvert le corps.

Je refais les cent pas en regardant la chambre de

Madeleine, encore illuminée, où la neige tend un illusoire écran.

— Moi, je ne sais pas ce qu'elle vient chercher ici… Mais les gens parlent. J'en connais qui ne viennent au restaurant que pour la voir. Moi, ça ne me regarde pas… Enfin, je tenais à vous avertir.

Kouri furetait sous le comptoir et je ne voyais que ses cheveux couleur de poussière. Mais à sa voix chevrotante je pouvais reconstituer le visage : les yeux noirs, sans eau, abrités derrière la paupière épaisse ; la bouche indécise comme la voix, un peu tordue par la gêne ou la pudeur. Ses paroles étaient demeurées en suspens sur le comptoir ; elles ne m'avaient pas atteint. Je devais avoir l'air hébété.

Puis Kouri redressa son grand tronc oscillant dans une ample blouse grise et me tendit les cigarettes sans me regarder, les yeux fixés sur la caisse. C'est à ce moment-là que quelque chose me remua dans les entrailles, comme une angoisse. Je quittai le restaurant sans mot dire et traversai la rue pour arpenter le trottoir devant la maison du docteur Lafleur, face à la mienne.

Je ressentais un peu l'impression de l'automobiliste qui se jette sur la victime qu'il veut éviter. La grosse femme vient de me remettre en mouvement et j'essaie de trouver un sens aux paroles de Kouri.

« Je tenais à vous avertir… » Il y a peut-être dix jours qu'il cherche les mots, les mots qui m'inquiéteraient sans rien m'apprendre. Il a sans doute voulu me parler avant ce soir, mais sa pudeur le bâillonnait. « Moi, ça ne me regarde pas… » Je vois très bien Kouri consoler ainsi un homme qui jouerait devant lui avec un revolver. Sa discrétion d'Oriental l'a bien servi. En dix ans il a transformé une petite gargote en établissement luxueux. Le plus important restaurant de la ville, aux murs peints de rose et de bleu poudre, aux banquettes moelleuses, non encore trouées par les cigarettes. Et une glace immense qui couvre tout un mur.

Le Syrien a dû m'épier, me voir traverser la rue. Il me regarde peut-être, abrité derrière le givre de la vitre.

Je n'arrive pas à m'expliquer mon émoi, la chaleur intérieure qui m'a bouleversé. Parce que Kouri me révélait une part de la vie de Madeleine que je ne connaissais pas? Peut-être. Comme s'il avait levé le rideau et m'avait montré derrière une vitre un être dont j'aurais ignoré complètement l'identité et qui eût été ma femme. Madeleine m'échappait par plusieurs points. C'était cela mon émotion. Je ne la soupçonnais quand même pas. Et la soupçonner de quoi? Il ne faut surtout pas que je me laisse séduire par le jeu des images. Imaginer Madeleine dans le restaurant du Syrien souriant à quelqu'un qui lui parle. Quand même cela serait, il y aurait mille interprétations possibles en plus de celle que ma chair appelle. Non. Je n'ai ni le goût, ni le temps de ces sortes de jeux.

Qu'a-t-il voulu dire le Syrien? Je ne sais pas. Question de bienséance sans doute. Macklin ne doit pas priser que Madeleine soit vue seule chez Kouri tous les jours. Hé bien! Macklin n'a qu'à se faire une raison. Cela ne concerne que Madeleine et moi.

Le téléphone continue de sonner sans arrêt chez Jim, aussi vain, aussi stupide que les pensées qui tournent à vide dans mon cerveau. La fenêtre de Madeleine est toujours illuminée. À part cela, un calme irritant que troublent à peine les volutes effrénées de la neige. Pas un passant. Pas une voiture. Quelques clients doivent encore flâner chez Kouri. Des mineurs qui tuent le temps avant de descendre dans les puits pour la nuit.

Kouri a certainement voulu dire davantage. Autrement, il n'eût pas parlé. Il sait, lui, ce que Madeleine fait dans son restaurant, à qui elle sourit, à qui elle adresse quelques mots. Il sait aussi ce qu'on en peut dire dans la ville. De tout cela il a tiré une conclusion, qui était de m'avertir. Bah! le Syrien est assez simple d'esprit et s'est alarmé pour quelques mots mal entendus. Trois mois de mariage seulement. Ce simple chiffre brille comme l'innocence. Ces sortes de choses n'arrivent qu'après dix ans, et encore faut-il avoir un peu le goût des attitudes théâtrales. En trois mois nous n'avons pu connaître le mot *irrémédiable.* Les longs soirs insupportables où on peut s'accuser l'un l'autre de la fatigue de vivre ensemble. Cela ne se goûte pas sans masochisme.

Je contemple toujours la fenêtre de notre chambre. Aucune ombre ne s'y profile. Est-ce que j'attends une révélation de ce rectangle de lumière ? J'aurais déjà des instincts de victime !

— Ça ne va pas, docteur !

Le gros Jim. La chassie de ses yeux se discerne encore dans la poudrerie et son visage luit faiblement. Énorme, mou, pataud, Jim me renifle doucement. La neige lui a permis de s'approcher de moi sans que je l'entende. De ses yeux malsains il trace à deux reprises sa petite trajectoire, depuis mon visage jusqu'à la fenêtre de Madeleine. Puis il se fouille une narine d'un gros doigt velu.

— Vous prenez l'air ?

Sa voix est comme un gros graillon. Vous avez l'impression de la voir : visqueuse et molle. Je ne puis que lui murmurer :

— Ça sonne chez vous.

Il continue à se fouiller la narine en regardant la neige sur le trottoir.

— Vous pensez pas que je vais travailler par une nuit pareille !

D'un lent hochement de tête il montre la neige qui patine sur l'asphalte. Puis il s'en va, languide et écrasé, en me lançant du milieu de la rue, le dos tourné :

— C'est pas un temps pour prendre l'air sans pardessus.

Je le vois entrer dans sa petite cabane de bois. Quelques secondes plus tard le téléphone se tait. Il a dû décrocher pour la nuit.

Jim passe plusieurs heures par jour chez Kouri. Il

y était sans doute quand… Je le vois m'épiant sans en avoir l'air pendant que Kouri me parlait. Lui aussi connaît cette part de la vie de Madeleine qui m'échappe. Il n'aime pas ma femme, qui le lui rend bien. Cela doit lui donner une certaine perspicacité. Ce gros homme malsain a lu mes pensées. J'ai l'impression d'avoir déshabillé Madeleine devant lui, de la lui avoir révélée.

Je suis gelé. Je traverse la rue et prends mon chapeau et mon pardessus dans la voiture que je laisse dans la rue. Si j'ai un appel d'urgence durant la nuit, la vieille Chevrolet ne démarrera sans doute pas. Tant pis. Je suis trop las.

Je m'assieds sur une des chaises de la petite salle en bas et j'écoute la vie dans la maison. Le ronron monotone du moteur dans la cave, le bois qui craque ici et là sous la chaleur des tuyaux. C'est tout. Du côté de chez Kouri, dont le restaurant occupe tout le rez-de-chaussée de la maison à part les deux petites pièces où j'ai mon bureau et ma salle d'attente, une maigre rumeur que ne perce aucun son particulier.

Je suis un intrus. Il faudrait que je me passe la main sur les yeux, que je secoue la tête pour découvrir que je n'ai rien à faire ici. Ce bureau n'est pas le mien et la femme qui dort ou lit en haut ne m'appartient pas. J'ai rêvé et, somnambule, je m'éveille dans la maison d'un autre. Je réussis presque à considérer ma nouvelle vie – mon mariage et mon cabinet de médecin – en étranger, comme au retour d'une absence de vingt ans qui me ferait ne reconnaître ni ma femme, ni la maison. Par la porte entrouverte de mon bureau je vois briller sur ma table le stéthoscope que j'avais oublié. Et ce simple objet, qui m'identifie aussi sûrement que le marteau le charpentier, ne m'est plus familier. Que tout cela est laid : les chaises recouvertes de moleskine noire qui ont peut-être passé par dix salles de médecin avant d'échouer dans la mienne, le pupitre que l'usure a rendu poreux, les crachoirs de cuivre, les hautes armoires vitrées dont on chercherait en vain la réplique dans les plus anciennes pharmacies. Il n'y a de neuf que ma table d'examen au chrome étincelant, au jeu de positions complexe, qui fait l'admiration de Madeleine. Cette table, ainsi que les fers sous la vitrine, elle s'y intéressa avec l'avidité qu'elle apporte devant tout ce qui est neuf, différent. Tout le reste, l'appartement et mon bureau, elle le découvrit avec indifférence, sinon avec ennui. Le parfum sec et rance de la maison, comme si tous les humains qui y ont vécu avant nous avaient laissé un peu de leur sel dans le bois, m'aide à comprendre le désaccord profond qu'il y a entre Madeleine, jeune et libre, d'une liberté quasi animale, et les souvenirs morts, ces meubles revêches d'avoir trop longtemps survécu. Je songe au jeune médecin qui occupait l'appartement avant nous. A-t-il quitté la ville parce que sa femme ne pouvait supporter l'hostilité de la maison ?

Au fond, le désaccord survient toujours entre Madeleine et les choses l'instant qu'elle les a connues.

Elle ne s'attache qu'au mouvement et préfère le train lui-même à l'endroit où il permet de se rendre. Elle ne goûte jamais avec économie. Elle exprime le suc de tout dès l'abord et connaît ensuite une dépression où elle s'abandonne avec nonchalance. Forcément sa vie est faite de moments d'ardeur et de grands espaces vides où elle est d'une passivité déconcertante. Aussi l'appartement serait-il plus attrayant que son ennui, en fin de compte, ne s'abolirait pas. Agit-elle de même avec les êtres? Je ne pourrais l'affirmer. Leur mobilité, leur instabilité devraient la retenir davantage. Il faut plus de temps pour épuiser les possibilités de transformation d'un être. Mais un jour la chaîne doit se boucler et les rapports doivent n'être plus qu'une perpétuelle répétition.

Nous ne sommes mariés que depuis trois mois et, je m'en aperçois avec étonnement aujourd'hui, je l'ai peu connue auparavant. Nous nous sommes vus pour la première fois en janvier dernier chez un oncle que je visitais rarement. Elle était l'amie d'une cousine dont on ne s'entretient qu'à voix basse dans la famille. Au début, elle me fascina par son avidité et une fierté qui n'était pas imposée, mais instinctive. Je crois que Madeleine séduit toujours les hommes à première vue. Je ne veux pas dire que le coup de foudre crépite sans cesse. Non. Elle éveille plutôt l'instinct de domination. Elle agace comme le cheval sauvage en liberté. Elle ne séduit pas tant qu'elle ne donne le désir de lui passer le licol. Sa façon d'être libre est proprement irritante. Nous nous sommes revus ensuite à de rares intervalles d'abord, puis de plus en plus fréquemment. Je terminais mes études médicales ; j'étais interne. Je ne la voyais donc jamais très longtemps. J'en vins à l'aimer peu à peu, mais en adolescent, sans trop chercher à la connaître, sans rien analyser. Je crois que j'aimai une image plutôt qu'elle-même. Quant à elle, elle passait de l'ardeur à une tiède indifférence. À vrai dire, nous ne connûmes guère le langage et le maniérisme des amants. Non pas qu'elle ne fût pas sentimentale ou rêveuse, mais elle évitait naturellement les attitudes de convention. À certains moments aussi, sa fierté se confondait avec une certaine pudeur sauvage. Sans rien préméditer, avec une passivité égale de part et d'autre, parce que, sans doute, cela était inévitable et normal, nous nous laissâmes glisser vers le mariage.

Je dois avouer que sa mère, femme d'un employé du tramway, un peu éblouie devant mon titre de médecin, l'y poussa avec vigueur. Depuis, je crois l'aimer mieux parce que je la connais mieux et c'est la volupté qui me l'a révélée. Pour la posséder il m'a fallu l'aimer en adulte. Sa fierté de jeune fauve ne pouvait céder devant des trépignements et des prières. Elle m'a révélé avant tout une extraordinaire avidité de vie. J'ai su quelle férocité couvait sous l'apparente langueur, quel désir effréné de tout éprouver, de tout connaître. J'ai appris que sa volonté ne pouvait se courber à certains moments. Il y a en Madeleine une force cruelle qui se manifeste rarement, mais inquiète, comme le grand dogue dont on ne sait pas s'il ne mordra pas un jour. Il se terre en elle un être qui ne m'appartient pas, que je n'atteindrai jamais. J'ignore si cet être-là m'aime, mais je sais qu'il est sa part essentielle. Un peu comme si je ne la possédais qu'à bout de bras avec, entre nous, une opacité infranchissable. Cela ne m'est pas une torture ; tout au plus une inquiétude vague, un peu la morne mélancolie qui m'assaille lorsque je la laisse. À vrai dire, je ne songe guère à cela et cette distance entre Madeleine et moi je ne la sens que par intermittence, sans trop m'y arrêter. Ce soir je m'y heurte plus violemment à cause de l'avertissement de Kouri et de l'étrange dédoublement qui me permet de me voir en étranger. La quiétude de la maison donne du relief à des moments du passé, m'aide à leur prêter un sens nouveau. La passion de Madeleine pour l'instable et la cruauté qu'elle met parfois dans ses désirs je les vois ce soir avec du recul, mais je ne les ai jamais ressentis aussi fortement que le jour de notre arrivée à Macklin. J'y avais vu surtout, à ce moment, de la puérilité. Par recoupement, je conclus aujourd'hui à autre chose.

En vain j'ai cherché depuis ce dernier jour de septembre à recréer les circonstances qui nous eussent projetés sur le même plan. Je n'ai plus entendu l'appel muet qui me la fit étreindre tout à coup, accorder nos deux souffles courts et avoir la certitude que l'un n'eût pu s'interrompre sans que l'autre n'expirât aussi. J'ai su ce jour-là que Madeleine m'aimait, du moins en cet instant, que son être le plus intime vibrait, que je la possédais. Mais le moment apportait sa déception, car je n'ai pu démêler véritablement depuis si son abandon était dû à l'incident qui l'avait précédé ou à une exigence, un désir qui n'avait pu s'exprimer auparavant. Peut-être me raillerait-elle ce soir si je tentais d'éveiller ce souvenir. Elle qui ne vit que dans l'instant, au point de manifester dans tous ses actes un illogisme déconcertant, nierait sans doute qu'elle se fût donnée si complètement sans que l'acte de possession intervînt. Pourtant cela fut si spontané qu'il ne se peut que cela n'ait pas été.

\*     \*     \*

Nous avions parcouru une centaine de milles en plus de trois heures, à la vitesse moins que moyenne que permettait la Chevrolet, vieille de cinq ans, acquise deux jours plus tôt. Lorsque l'aiguille dépassait cinquante, le moteur commençait à chauffer.

L'éclat des phares entamait un peu la brume basse qui recouvrait la route, puis glissait sur elle pour s'y évanouir. Depuis un quart d'heure environ Madeleine somnolait sur mon épaule, la bouche entrouverte, les lèvres d'un rouge sombre sous la faible clarté du tableau de bord. Lorsque je freinais, sa tête glissait sur mon bras et ses cheveux roux luisaient d'un éclat fauve, insolite. Une vingtaine de milles encore et nous serions chez nous, dans un appartement qu'elle n'avait jamais vu, que moi seul avais choisi et meublé parce qu'elle n'avait aucun goût pour ces sortes de choses. J'avais passé une semaine à Macklin pour m'occuper de notre installation. Madeleine marchait vers son destin en n'ayant pas l'air de trop y croire. Elle venait avec moi dans une petite ville minière où elle ne connaissait personne et cela lui plaisait parce que l'inconnu la trouvait toujours disponible. Au début du voyage elle avait montré un certain enthousiasme, rapidement suivi de la dépression qui accompagne toujours chez elle une impatience qui n'est pas rapidement satisfaite.

La route, jusque-là large et rectiligne, s'étrangla en un chemin tortueux et montueux, et je dus ralentir. Madeleine ouvrit les yeux, se redressa, regarda devant elle d'un œil morne. Avec l'altitude la brume avait disparu, ne subsistant que dans les endroits creux. Madeleine se pressa contre moi soudain et me dit de son ton puéril :

— Laisse-moi peser sur l'accélérateur.

J'hésitais.

— Tu as peur !

Son mépris de petite fille qui ignore instinctivement la prudence et à qui le cinéma a enseigné que le risque n'est jamais dangereux en fin de compte.

L'aiguille descendit rapidement d'abord, puis elle remonta par saccades. Madeleine se faisait le pied. Une longue descente se présentait. Quarante, cinquante, soixante. Le moteur ronflait un peu trop, mais tournait rond. L'aiguille se stabilisa pour un temps. Les yeux fixes et durs, Madeleine couchait la route sous elle. Il ne nous manquait que d'être poursuivis par des policiers pour qu'elle fût complètement en transe. Elle enfonça encore l'accélérateur. Puis, avant que j'eusse eu le temps de lui parler de la faiblesse du moteur, elle murmura d'une voix que je ne reconnaissais pas, rauque, nerveuse :

— Regarde. En bas. Un train !

Les signaux rouges clignotaient. J'appuyai sur le frein. La voiture dérapa jusque de l'autre côté de la route. Une douleur atroce à la main droite me fit lâcher le volant une seconde. Madeleine me mordait.

— Laisse le frein, laisse le frein !

Sa voix méconnaissable, comme une présence étrangère dans l'auto, m'atterrait. J'obéis. L'aiguille remonta rapidement. Elle oscilla au-dessus de soixante-dix. Les feux rouges passèrent à côté de nous en coup de fouet. Je vis le phare de la locomotive dont l'éclat découpa durement le profil tendu de Madeleine. Je crus que nous ne disposions que d'une seconde pour lui échapper. En réalité le convoi passa plus de dix secondes après nous.

Nous étions enveloppés d'une écœurante odeur de caoutchouc brûlé.

— Arrête. Tu vas tout flamber !

Les trois plaintes brèves de la locomotive firent vibrer douloureusement mes nerfs, puis je me détendis d'un coup. À côté de moi, le visage de Madeleine reflétait l'extase. Elle lâcha complètement l'accélérateur et demeura un instant immobile. Puis elle m'embrassa frénétiquement, à genoux sur la banquette, m'aveuglant de ses cheveux. Je garai sur le bord de la route. Madeleine desserra son étreinte pour trépigner toute seule. Et elle se renversa la tête sur le volant, les deux mains jointes dans mon cou, les yeux allumés d'un éclat dur. La respiration oppressée qui dilatait ses narines donnait à tout son visage une expression cruelle et douloureuse. Comme si elle employait toute son énergie à ne pas chavirer. Une immense tendresse se déclencha subitement en moi pour cet être dur qui vibrait de cruauté dans mes bras. Je l'embrassai. Ses lèvres étaient sèches. Elle répondit à mon étreinte avec violence ; celle d'un enfant qui bourre sa mère de coups pour lui exprimer son amour. Elle eût été capable de m'éventrer sur-le-champ pour me communiquer ce qu'elle ressentait. Elle ne cherchait peut-être que la détente. C'est possible. Moi, je crois qu'elle me donnait le seul amour dont elle était capable : absolu et sans pitié. Sa fierté, son horrible petite fierté s'abolissait à la suite d'un incident stupide.

Sa chaleur me bouleversait. Je la repoussai doucement. Nous entrâmes dans Macklin vers minuit, recrus et silencieux. La nuit était brumeuse et glaciale, bien propre à ce pays humide, noyé dans la bruine dès la mi-août.

Madeleine visita mon bureau et l'appartement en bâillant. Je n'avais pas la force de l'amuser, de dissimuler sous des paroles la médiocrité des lieux. Elle se dévêtit en laissant ses vêtements là où ils tombaient, puis elle m'accueillit d'un geste las, les yeux fermés. L'incendie qu'elle avait allumé en moi devenait démesuré devant son ardeur éteinte. Le jour s'achevait sur une déception. Toujours, elle se reprendrait avec une facilité déconcertante.

* * *

Des mineurs passent sous mes fenêtres, frileux, résignés. Kouri n'a pas encore fermé. Les éructations des conduites d'eau proviennent de chez lui. Je me lève. Le plancher gémit sous mes pieds. J'avais oublié les paroles du Syrien, mais elles me reviennent maintenant, affreusement ternes. Je suis trop las ; je m'abandonne à leur mouvement et j'ai un peu de nausée. Je me sens comme le potier qui vient de briser une pièce à laquelle il a travaillé tout le jour. Kouri a mis en branle dans mon cerveau un mécanisme qui a tourné en pure perte.

En haut, je passe devant la chambre de Thérèse, la bonne. Sa porte est fermée. Madeleine ne lui a donc pas donné congé. Cela lui arrive une ou deux fois la semaine de la retenir ici, quand elle veut passer la matinée au lit. Thérèse habite à deux pas de chez nous et couche habituellement chez ses parents.

À la porte de notre chambre, un grand rectangle de lumière éclaire le divan rose du nouvel ameublement du salon. Il est jonché de revues et de journaux. Madeleine dort sur le dos, les bras repliés en équerre, la pointe des seins dressée sous la chemise de nylon. La peau de ses bras, la peau étonnamment blanche des rousses, est pacifiante. Elle dort face à la lampe allumée, une revue à la dérive sur le ventre. En la voyant si vulnérable et si paisible, ma chair s'insurge. Je la regarde et mon sang bouillonne. Personne ne la verra ainsi abandonnée ! Je ne suis pas devenu si stupide que quelques mots de Kouri me fassent remettre mon bonheur en question.

— Elle est à moi. Et pour la vie ! Vous entendez !

Je serais capable de dire cela à haute voix. Non. Je me sentirais ridicule.

Je me déshabille en me regardant vaguement dans la glace. Pas pour me rassurer. C'est machinal chez moi, tous les soirs. Je ne suis pas un monstre. Taille moyenne. Cheveux et yeux bruns. Un gars de la ville, bien sûr. À côté des mineurs, je dois paraître malingre. Mais c'est robuste. Je me surprends à faire jouer les muscles. Je tourne le dos à la glace. Madeleine n'a pas bougé. Ce calme m'irrite.

— Je ne veux plus que tu ailles seule chez Kouri. Il m'a parlé.

J'ai dit cela en n'étant pas trop sûr que je prononcerais les mots. Mais j'ai réellement parlé. Aucune réaction chez Madeleine. Simule-t-elle le sommeil ? C'est possible. Cette possibilité me choque.

— Je ne veux plus que tu ailles seule chez Kouri.

Je ne répète pas que Kouri m'a parlé. J'ai à peine élevé la voix, mais, cette fois, Madeleine grogne et se tourne sur le côté, me présentant le dos. Sa hanche gonfle le nylon retroussé à mi-jambes.

Je ne sais plus ce que je ressens. L'impression d'être ridicule sans doute. J'éteins la lampe et, avec brusquerie, je glisse ma femme sous les couvertures. J'essaie de penser à mon travail de demain. Une ovariectomie à l'hôpital avec le docteur Lafleur. Des visites à domicile, dont l'inévitable piqûre de morphine à un cancéreux. Un accouchement cette nuit, peut-être.

Le chemin qu'ont pris mes pensées s'interrompt dans le vague, se dilue plutôt dans un autre qui conduit tout droit à Madeleine, Madeleine qui ne pense peut-être à personne en s'endormant.

*   *   *

Vers six heures de l'après-midi, le lendemain de notre arrivée. Le visage maussade de Madeleine dans le crachin qui enveloppait la ville d'un morne ennui.

— À Macklin, il pleut toujours, devait-elle me dire souvent par la suite de sa voix lasse.

La ville est construite au fond d'une cuvette. De trois côtés des collines l'écrasent où on cultive un sol pierreux bon pour le pâturage et le fourrage. Du côté nord, elle s'achève sur un lac pas très grand, lui-même encaissé dans les collines. Tous les nuages qui passent au-dessus de la ville y éclatent, semble-t-il. Et même les matins ensoleillés, le brouillard noie longtemps Macklin, si bien qu'il faut regarder au sommet des collines pour savoir s'il fait beau.

Madeleine avait passé la journée à tout déplacer sans rien remettre en place. L'appartement qui avait été rangé et nettoyé par une femme de ménage avant notre arrivée suintait maintenant; la fade tristesse de l'échoppe d'un marchand de vieux meubles. Les armoires ouvertes, les tiroirs béants, le linge semé dans toutes les pièces et le tout couvert de la poussière soulevée par ce remue-ménage soulignaient cruellement la médiocrité d'un ameublement formé d'acquisitions de hasard, dons de ma mère et de celle de Madeleine, achats faits à la course et sans goût. Le visage traversé de longues raies de poussière, les cheveux débouclés, Madeleine, au bord des larmes, contemplait son œuvre, prostrée dans un fauteuil. J'avais été absent toute la journée, retenu à l'hôpital et chez des confrères. Lorsque j'entrai elle me regarda comme le prisonnier son geôlier, avec amertume et mépris. Je l'embrassai. Elle se raidit pour ne pas s'abandonner au besoin de pleurer, secoue la tête comme pour y déloger une image enrayée.

— Viens. Nous allons nous promener.

Le sale temps n'était pas pour l'arrêter. Elle ne pouvait supporter un instant de plus le désordre qu'elle avait elle-même créé. Son impatience était celle de l'enfant qui piétine le jouet qui ne répond plus à ses désirs.

Que la ville fût laide, affreusement, elle le savait, mais j'appréhendais de la lui faire connaître de plus près. Toutes les maisons ont l'aspect minable de bâtiments de mine, les couleurs délavées par la poussière d'amiante qui n'épargne rien, même pas la maigre végétation. Sous la pluie, cette poussière forme un enduit visqueux. Tassée entre les monticules de poussière, déjections des mines, la ville s'étend tout en longueur. Quelques rues transversales réussissent à se faufiler entre les énormes buttes, mais les maisons y sont de guingois, comme résistant mal à la pression de la poussière. L'unique grande rue, où sont construites les trois quarts des habitations, se paie une orgie de néons qui réussissent à percer par intermittence la grisaille générale. La rue Green s'amorce, étroite et tortueuse, par un angle droit à une extrémité de la ville et se termine par une route large et rectiligne à l'autre bout, devant le collège des frères. Notre appartement se trouve dans l'ancienne partie, près de la gare et d'un immense cratère aux parois stratifiées qui est une ancienne mine à ciel ouvert. La maison elle-même est construite au-dessus d'une mine, à galeries souterraines celle-là, et, certaines nuits, il nous est possible d'entendre le crépitement des foreuses.

L'hôpital trop étroit et mal équipé, qui doit répondre aux besoins d'une population de plus de six mille âmes, est situé un peu hors de la ville, au bord d'une rivière où quelques filets d'eau coulent sur un fond caillouteux. Toutes les petites villes de la région ont un quartier préservé où les notables habitent des maisons cossues entourées de pelouses et de fleurs. Ici, point. D'une extrémité à l'autre, Macklin se plonge dans une laideur grisâtre, uniforme, qui n'est pas due à la pauvreté, mais sans doute au fait que la ville fut improvisée, qu'on y construisit pour les besoins d'un jour et que les maisons survécurent aux délais prévus. Seuls quelques établissements commerciaux de la rue Green rompent l'uniformité par des façades trop modernes, prétentieuses, de plus mauvais goût que la banalité ambiante.

C'était l'heure du changement d'équipes dans les mines. La rue Green était encombrée de mineurs regagnant leur foyer ou rentrant à la mine. Madeleine marchait parmi eux comme si elle avait toujours vécu dans la ville, la tête rejetée en arrière, le regard droit devant elle, fronçant les sourcils de temps à autre dans la pluie. Les mineurs la dévisageaient, mais elle passait outre sans détourner les yeux et sans sourire. Elle s'arrêta devant le restaurant de Kouri, regarda à l'intérieur et fit la moue. Puis nous marchâmes en silence. J'essayai à deux reprises de la dérider sans y parvenir. Elle me répondait par des grognements, regardant de temps à autre à droite et à gauche. La pluie avait redoublé et je sentais l'humidité pénétrer mes vêtements sous l'imperméable. La masse des cheveux roux de Madeleine s'allongeait dans son dos sans plus aucune boucle. L'eau ruisselait sur sa figure, mais elle clignait à peine l'œil, goûtant je ne sais quelle liberté à se laisser tremper. Nous avions depuis longtemps dépassé l'alignement des magasins lorsqu'elle s'arrêta pour me jeter d'une voix placide :

— J'ai compté quatre plaques de médecins, sans la tienne.

Un regard bref et elle repartit du même pas en sens inverse. Interloqué, je demeurai immobile un instant avant de la suivre. Qu'est-ce qu'il lui arrivait ? Elle savait depuis toujours qu'il y avait plusieurs médecins à Macklin et, d'ailleurs, il avait été rarement question de ma carrière ou d'argent entre nous. Sa mère s'intéressait trop à ces sortes de choses, mais Madeleine, elle, avait toujours manifesté une indifférence si grande qu'elle me choquait un peu. Et voilà que tout à coup, par une petite phrase jetée en pleine rue, sèchement, elle semblait me projeter contre un mur qu'elle découvrait : l'impossibilité de faire notre vie dans une ville où il y a déjà quatre médecins.

— Écoute. Cela ne fait pas un médecin par mille personnes… Et pourquoi me dis-tu cela ?

— Pour rien. Parce que j'ai compté les plaques. Ça m'occupe.

Son petit front têtu. L'impatience du petit chien agacé.

— Tu n'aimes pas la ville ?

— Oh ! Il y a certainement mieux. Mais ça m'est égal.

— Mais tu sais depuis toujours que je m'établirais ici !

— Ça m'est égal. Ne te fatigue pas.

— Ça m'est égal! Ça m'est égal! Bon dieu! c'est notre vie que nous allons faire ici.

— La tienne… Et puis, tu m'ennuies…

J'étais sidéré. Ce devait être le mauvais temps, sa lassitude. Elle passait sa mauvaise humeur. Où était la Madeleine des premiers jours de notre mariage? Celle qui avait un esprit d'invention incroyable pour remplir une journée, qui avait un désir insatiable de tout éprouver, qui, dans mes bras, s'en allait tout à coup, je le voyais dans ses yeux bleus qui n'avaient plus d'éclat, et revenait aussi abruptement en souriant, d'un sourire un peu craintif et vague. Je l'ai toujours connue têtue et orgueilleuse, mais je ne lui ai jamais vu cet air hostile et fermé, non plus que ce réalisme froid.

— Il y a deux cinémas aussi.

Elle avait à peine desserré les dents et cela lui donnait une voix sifflante qui me mettait les nerfs en boule.

— Dis donc, ce ne serait pas ta mère qui les aurait comptées les plaques de médecins?

Elle me jeta un regard en coin et ne me répondit pas tout de suite. Quelques pas plus loin, elle m'asséna:

— Ma mère n'a pas de dettes. Tu n'as pas à lever le nez sur ma famille.

Elle faisait allusion à l'important emprunt que j'avais fait à la banque. La somme modique que m'avait donnée ma mère, épargnée à même les maigres rentes que mon père, mort alors que je n'avais que cinq ans, lui avait laissées, ne pouvait certes suffire à mon installation.

Je frémis, mais ne répondis pas. La dure muraille de son front me la dissimulait. Les visages que nous croisions étaient blancs et luisants. La rumeur de la pluie enveloppait d'ouate celle de la rue. Il semblait qu'il n'y avait personne d'heureux ce jour-là. J'étreignis le bras de ma femme et pris feu. J'avais le désir de l'attendrir, d'abolir cet air revêche dont elle se masquait. Je l'embrassai dans le cou, mais elle se retira en haussant les épaules. À peine l'avais-je touchée.

— Madeleine, nous sommes idiots. Nous avons toute la vie pour nous quereller !

Elle sauta là-dessus comme un chien sur un os.

— Bel avenir !

Je pouvais la battre. Sa figure était de pierre. Pas plus de trace de colère que d'ennui. Elle s'arrêta devant le restaurant de Kouri et me dit d'un ton sans réplique :

— Nous dînons ici.

J'hésitai. Les notables de Macklin, et même sans le sou j'en étais, ne dînent pas au restaurant, surtout pas en compagnie de leurs épouses. Mais Madeleine ignorait d'instinct les différences de classe. Fille d'ouvrier, elle n'avait connu avant notre mariage que le quartier populaire d'une grande ville, des restaurants syriens ou grecs, une humanité dense et grise où elle se mouvait à l'aise. Elle avait le même port de tête orgueilleux dans ce milieu-là que devant ma mère ou dans les hôtels où nous conduisit notre voyage de noces. Pauvre maman! La fierté de Madeleine l'intimidait tellement qu'elle la servait à table en tremblant un peu. Elle lui découvrit je ne sais quelle force, quel feu intérieur qui la fit reculer et s'incliner sans mot dire devant la femme qui lui enlevait son fils unique. Elle se retirait dans sa chambre qu'elle ne quittait que lorsque Madeleine voulait manger. La tête haute, ses cheveux roux faisant tache sur ses vêtements, Madeleine ne souffrait d'aucune contrainte devant elle; elle accentuait même le mouvement de ses hanches. Un petit défi bien futile. On ne peut dire des manières de Madeleine qu'elles sont du peuple ou d'une autre classe. Elles lui appartiennent en propre, entièrement libres, lui seyant comme sa chevelure et ses vêtements. Madeleine ou le refus de la contrainte, refus qui serait détestable chez tout autre, mais qui chez elle est quasiment un trait physique.

Kouri, qui, croyant que nous désirions des cigarettes, s'était posté derrière la caisse, exprima brièvement sa stupéfaction lorsqu'il nous vit nous diriger vers les banquettes, mais il retrouva sa componction pour nous accueillir. Il vint lentement vers nous, en glissant plus qu'en marchant, s'inclina un peu et dit :

— Le petit docteur et madame sont maintenant installés.

Je l'aurais giflé. Madeleine ne dissimula pas son amusement.

— Le petit docteur. Comme c'est drôle! Il est déjà connu dans toute la ville votre petit docteur?

Les yeux de Kouri s'attristèrent.

— Madame…

Il mit dans ce mot toute la réprobation dont il était capable. Puis il se retira en appelant une serveuse.

Mise en verve par l'incongruité du Syrien, Madeleine s'amusa à mes dépens tout le temps du repas. Je le supportai sans impatience. Si ce ton goguenard lui plaisait, tant mieux. Et la puérilité avec laquelle elle me harcelait la rendait plus humaine.

Dans le restaurant, tous les hommes n'avaient d'yeux que pour elle. Les visages fermés, rudes considéraient calmement ma femme qui, entre deux bouchées, soutenait ces regards avec une tranquille assurance. Chez elle, les hommes n'avaient pas ce paisible sans-gêne, sans doute parce qu'ils ne se connaissaient guère entre eux. Mais ici, les hommes se sentaient forts des limites de leur ville. En somme j'étais venu chercher leur argent; cela leur donnait presque le droit de déshabiller ma femme. J'évitais de les regarder.

C'est ce soir-là que je vis le gros Jim pour la première fois. Il était accoudé au comptoir, près de la caisse et mâchonnait un cure-dent en nous regardant, les yeux à demi fermés. Jim passe le plus clair de son temps chez Kouri à écouter les ragots et à livrer par bribes à quelques flâneurs tout ce que son métier lui permet d'apprendre. Il sait mieux que personne dans la ville quels sont les rapports entre amoureux et époux. Sentant la sueur au plus fort de l'hiver, le visage glabre et luisant, les cheveux pommadés, Jim absorbe tout et rend tout un peu plus sale. Il ne se contenta pas de regarder Madeleine à distance. À deux reprises il traversa toute la salle dans le seul but de passer lentement à côté de nous et de lorgner ostensiblement Madeleine. Tous les autres suivaient avec intérêt ce manège. La dernière fois que ma femme le vit passer à côté d'elle, plus insistant encore, elle lui tira la langue. Ce geste de petite fille provoqua quelques rires bruyants. Jim grogna de triomphe et afficha un sourire stupide. Madeleine avait la tête du roquet qui vient de mordre un bon coup. Quant à moi je ne savais où regarder. La femme du docteur Dubois ne pouvait tirer la langue dans le restaurant de Kouri. Ce geste la plaçait au niveau des rieurs, appelait chez ceux-ci la familiarité. En ne faisant rien moi-même pour la défendre, je leur cédais le terrain sur le seul plan qui les intéressait vraiment, celui de la virilité.

Je vis Kouri parler avec animation au gros Jim, qui quitta le restaurant en riant grassement, non sans nous avoir jeté un dernier coup d'œil. J'avais l'impression d'être cloué à terre, sous la chair abondante du chauffeur de taxi.

— Allons-nous-en.

J'avais parlé avec décision. Madeleine me regarda avec étonnement.

— Tu ne vas pas te laisser chasser par eux !

— Nous avons été suffisamment ridicules.

Elle ne me répondit pas, mais conserva un visage rétif. Me laisser chasser! On ne lutte pas contre la vermine. On change de vêtements. Après avoir longuement siroté un soda, Madeleine me déclara abruptement:

— Je vais au cinéma.

Au cinéma! C'est ce qu'elle considérait sans doute comme une fin en beauté.

— Madeleine, c'est notre premier soir chez nous.

— Que veux-tu que nous fassions à la maison? Remettre les meubles en place?

Se pouvait-il qu'elle fût déjà si éloignée? Pourquoi ne souhaitait-elle pas la retraite de notre appartement où nous serions seuls? N'était-ce que l'ennui d'un jour de pluie dans cette ville qui n'offrait pas d'autre séduction que le restaurant de Kouri et le cinéma? Je comprenais confusément qu'il y avait une brisure quelque part, qu'au cours de la journée Madeleine s'était détachée de moi un peu, qu'elle avait tendu le lien pour voir à quel point il se romprait et que la rupture s'était faite sans qu'elle le désirât vraiment. Nos quelques mois de fiançailles, nos quelques jours de mariage n'avaient été peut-être qu'une espèce de demi-sommeil où nous nous étions étreints à l'aveuglette. Tous nos gestes n'avaient peut-être rien créé en fin de compte. Entre nous subsistait une ignorance profonde. Deux compagnons de rencontre qui s'étaient joué la comédie une nuit et s'éveillaient patauds et cireux, qui n'avaient plus le désir de rien exiger l'un de l'autre. S'interrogeait-elle sur la nature de nos rapports, les découvrait-elle, elle aussi, fragiles et dépourvus de réalisme? Non. À vingt-quatre ans, Madeleine ne pensait rien, elle sentait tout, plus prompte à désirer qu'à soupeser ce qu'elle recevait. Il suffisait peut-être de l'amuser, de remplir à ce point sa vie d'une activité inutile et sans cesse renouvelée qu'elle oublierait le reste, le caractère de notre amour, la fatalité d'un mariage.

Je désirai moi aussi me perdre dans une salle de cinéma, éviter le tête-à-tête où nous pourrions cesser de jouer avec des travestis et nous découvrir. Il fallait chercher le vertige, le mouvement ou son apparence, où je pourrais encore du moins la tenir à bout de bras. N'était-ce pas ainsi qu'elle se défendait, elle?

— Va pour le cinéma. Tu as raison. Ce serait macabre dans l'appartement.

Elle se détendit un peu, refit minutieusement son maquillage, replaça ses cheveux d'un coup de tête. En quittant le restaurant, elle me donna le bras et se pressa contre moi avec l'air d'annoncer au monde entier qu'elle était mienne. Je lui pardonnais tout.

Au cinéma, elle pencha la tête sur mon épaule. Elle se tint ainsi immobile jusqu'à la fin, fixant l'écran d'un regard extrêmement brillant, pressant sa main contre la mienne lorsque des personnages du film s'embrassaient sur la bouche. C'était grotesque.

Dans la rue, elle conserva pour un temps l'éclat de ses yeux. Je lui demandai :

— Tu t'es laissé émouvoir?

Ma question sembla l'éveiller brusquement.

— Il ne s'agit pas de ça. C'est si différent, si facile…

Elle n'acheva pas, se satisfaisant de cette imprécision. Madeleine n'est d'ailleurs précise que de mauvaise humeur.

Ce besoin qu'elle avait de se dédoubler, de s'absenter d'elle-même par des moyens aussi gros que le cinéma ou la musique d'un juke-box m'inquiétait un peu sans que je susse pourquoi. Au fond, elle ne vivait pas beaucoup parmi nous, et lorsqu'elle nous revenait, elle était agacée de nous trouver à ses côtés. Combien de fois l'ai-je vue devant moi, le regard fixe, très loin derrière moi?

— Alors, nous pouvons rentrer maintenant?

Elle acquiesça d'un sourire, un sourire d'enfant qui pouvait encore tirer la langue, bouder jusqu'à ce qu'elle obtînt ce qu'elle désirait; une enfant à qui on imposait des gestes d'adulte et qui consentait de mauvais cœur parce qu'elle ne s'y sentait pas naturelle, qui aimait mal parce qu'elle n'était peut-être pas femme encore. Hé, grands dieux! qu'est-ce que cela peut signifier être femme ou homme!

Même sous la pluie qui, portée par la poussière d'amiante, établit une troisième dimension, Macklin prend la nuit une autre figure. Des guirlandes de lampes électriques donnent aux buttes de sable l'animation gratuite de carrousels géants. Les néons clignotent et crépitent des deux côtés de la rue Green, épelant des mots que personne ne lit. Dans les montres des bazars les marchandises en reçoivent des chatoiements inattendus. Les mineurs s'endimanchent et leurs belles aussi, avec le chic des grandes villes, les couleurs un peu plus criardes peut-être. Tout cela donne un peu l'impression d'une ville-frontière née d'un boom, où toutes les bonnes fortunes seraient encore possibles. On ne serait pas trop étonné d'entendre une fusillade derrière une butte de sable ou de voir tourner la roulette dans les hôtels. Las, en réalité, Macklin n'offre aucune de ces surprises. Il n'y a que deux endroits où l'on puisse boire de l'alcool et c'est dans les deux hôtels. Une dizaine d'agents de police, ne travaillant pas tous à la fois, suffisent à protéger la tranquillité des citoyens et, la nuit comme le jour, le travail se poursuit sous terre, bien divisé, bien compartimenté et, aussi, bien rémunéré. Toutes les heures, les wagonnets déversent leur poussière neuve en haut des monticules qui s'élèvent un peu chaque jour. On construit ici et là de nouvelles habitations, guère différentes des anciennes. L'air qu'on hume le soir laisse quand même croire que quelque chose va se produire d'un moment à l'autre qui va tout changer. Rien ne se produit et rien ne change. Madeleine ressentait cela sans doute, car elle s'anima et retrouva son entrain.

Je craignais qu'elle ne se rembrunît dans l'appartement. Il n'en fut rien. Emplie d'énergie et d'esprit de décision, elle voulut remettre les meubles en place une fois pour toutes. Deux heures y passèrent et le résultat de tant d'efforts ne fut pas heureux. Nous étions éreintés tous les deux, poussiéreux. Même sale, décoiffée, Madeleine conservait une beauté qui lui était propre, due non pas tant aux lignes qu'au mouvement de tout son corps, à une souplesse de jeune animal. Assise les jambes repliées sous elle, elle considérait son œuvre sans joie, rompant la pose à tout instant pour une attitude plus confortable.

Ses yeux seuls exprimèrent sa surprise lorsqu'elle entendit sauter le bouchon du champagne. Ils s'allumèrent pour un bref instant, le temps de m'embrasser d'un bond avec sa frénésie habituelle. Nous allions pendre la crémaillère, seuls tous les deux, et stoïques. La vue du champagne sembla d'abord lui redonner le goût du jeu, son ardeur. Elle se calma subitement, s'assit sur un divan et je vis l'absence dans ses yeux. Perpétuelle insatisfaction qui la faisait s'enflammer et s'éteindre dans le même moment. Elle commença par boire lentement, cherchant à fixer je ne sais quelle image, puis, de plus en plus rapidement jusqu'à ce que, grise, elle laissât sa tête rouler sur mes genoux.

Je la caressai. Elle s'abandonna, passive, lasse ou ailleurs. Je savais que sa pudeur ne supportait pas encore d'être dévêtue à la clarté de la lampe, mais je n'éteignis pas. Ma main parcourait librement son corps sans l'éveiller tout à fait. Le feu couvait sous la peau blanche, mais il ne léchait pas ma main. Cette sensation me devint intolérable et je l'obligeai à m'étreindre. En la laissant je vis dans ses yeux un éclat dur, d'une cruelle fierté. Madeleine, ma femme, était spectatrice aux jeux de l'amour.

*   *   *

Je n'ai ni la force ni la lucidité nécessaires pour relier entre elles ces images d'un passé tout neuf. Elles sont séparées, sans signification commune. Il y aurait le fil fragile de l'avertissement de Kouri, mais les images ne se laissent pas joindre par un lien si ténu. Comme si l'arme était chargée et qu'il ne manquât que la gâchette. Une telle arme ne peut faire feu, et il n'appartient pas à la victime de fournir la pièce perdue. Puis tout s'embrouille et je m'endors un peu crispé, comme lorsque, enfant, une inquiétude diffuse et irraisonnée me tenaillait. Le blanc visage de ma mère ne se penchera plus au-dessus de mon lit au moindre appel. Je suis un homme et à côté de moi dort une femme qui m'appartient, comme un jouet qui se remonte seul et quand il le veut bien. Il s'en faudrait de peu que mon inquiétude ne se précisât.

## 2

Thérèse m'accueille à la cuisine par son « bonjour » bref et clair de tous les matins, qu'il pleuve ou qu'il fasse beau. Elle est déjà vêtue, lavée, coiffée. Autant Madeleine peut m'irriter le matin par sa nonchalance et sa lenteur, autant Thérèse me réconforte par sa vivacité et son entrain. Âgée d'à peine vingt ans, elle me dépasse d'au moins une demi-tête. Elle a la poitrine libre sous la robe et lorsqu'elle relève le torse un peu vivement ses seins oscillent. Elle souffre d'une difformité qui fait saillir démesurément sa hanche gauche, comme si le sculpteur était mort avant d'avoir pu achever son œuvre.

— Je n'ai pas eu d'appels?

Elle presse un fruit et prend le temps de terminer avant de me répondre de sa voix forte, qui martèle trop les mots.

— Pas ce matin. Hier soir, vers dix heures, le docteur Lafleur a téléphoné.

Combien de fois leur ai-je demandé d'inscrire les

appels sur le bloc-notes de mon bureau! Le plus souvent elles ne se souviennent des messages que lorsqu'on rappelle plusieurs heures plus tard.

Thérèse n'est pas à proprement parler la bonne de Madeleine. Elle est davantage son amie. Cette grosse fille, qui n'est point sotte, gagnait pas mal d'argent il y a un mois en faisant des travaux de couture chez ses parents. Madeleine lui donna un jour une robe à tailler et se prit immédiatement d'amitié pour elle. Elle passa chez elle presque tous les jours. Le soir, elles allaient ensemble au cinéma ou allaient écouter de nouveaux airs aux juke-box de toutes les gargotes de la ville. Cette amitié, qui a peut-être choqué les femmes de mes confrères, me plaisait parce que je trouvais Thérèse très saine et que Madeleine se stimulait au contact de cet être perpétuellement agité. Un jour elle m'annonça qu'elle avait pris Thérèse à son service, moyennant de faibles gages et l'autorisation pour la jeune fille de poursuivre chez nous ses travaux de couture. Cet arrangement m'assura des repas convenables. Madeleine se faisait tout un problème de préparer une simple omelette. D'autre part, il y aurait toujours quelqu'un pour répondre au téléphone, Madeleine feignant de ne rien entendre quand elle était au lit.

Comme tous les matins, Thérèse s'assoit en face de moi et me regarde manger en silence. Dehors, la fine neige tombée durant la nuit réverbère le soleil en mille éclats cruels aux yeux.

— Il fait dix sous zéro!

Elle m'annonce cela du ton qu'elle emploierait pour m'apprendre que les cerisiers sont en fleurs. Après mon départ, elle sortira sans doute dans le seul but de goûter le froid, de montrer ses yeux pleins d'eau à Madeleine en rentrant.

Puis c'est le laitier qui frappe à la porte et la cuisine s'emplit d'un froid qui sent bon et propre. Thérèse dépose les pintes devant moi. Le lait est gelé.

J'aime la quiétude de ces matins d'hiver, la maison repliée sur elle-même, fermée de partout. On entend à peine les bruits de la rue et cela fait chaud, mollet.

De mon émoi de la veille il ne subsiste rien. Comme je m'attarde, Thérèse feuillette un journal et m'interroge sur la signification de certains mots. Je n'ai qu'un souci : celui que Madeleine n'ait rien entendu hier soir lorsque je lui ai parlé de Kouri. Je ne voudrais pas la retrouver au déjeuner maussade et tendue. Que je puisse être jaloux, soupçonneux, autoritaire blesserait davantage sa fierté que le méprisable regard de Jim. Thérèse s'étonne de ma lenteur.

— Il est passé huit heures. Vous serez en retard.

Je la rassure d'un mouvement de tête et ne me hâte pas davantage. Si je m'attarde tant c'est que j'ai le désir inavoué de l'interroger. À deux reprises déjà, j'ai ouvert la bouche pour poser une question, mais les mots ne sont pas venus. Thérèse n'a rien vu. Maintenant, elle a laissé tomber son journal et me regarde. Je sirote mon café en fuyant son regard. Puis cela démarre sans effort :

— Dites-moi, Thérèse…

— Oui…

Elle se carre sur sa chaise pour mieux m'entendre.

— Est-ce que Madeleine sort tous les après-midi?

— Ben… je, je ne pense pas.

Son œil s'est durci. Je ne vais quand même pas lui demander de moucharder.

— Il ne faudrait pas qu'elle s'enferme ici. Je la trouve un peu pâle.

— Elle pâle? Où prenez-vous cela?

— Elle n'aime peut-être pas sortir seule. Accompagnez-la. Cela vous fera du bien à vous aussi.

Le honteux manège. Thérèse n'est pas rassurée et évite de faire cesser ma fausse inquiétude en me disant que Madeleine prend suffisamment l'air.

Je m'en vais dans la salle de bains. Je sais qu'elle est demeurée assise et réfléchit à ce que je viens de lui dire. Pourvu qu'elle ne parle pas à Madeleine!

Sa réaction ravive doucement mon inquiétude. Je me hâte maintenant, pressé d'agir pour échapper à mes pensées. Avant de quitter la maison je vais voir Madeleine dans notre chambre. Elle dort, recouverte jusqu'aux yeux. Le roux de ses cheveux vit prodigieusement dans la demi-obscurité. Je me penche et l'embrasse sur le front sans qu'elle sourcille. Au moment de quitter la chambre je l'entends me saluer d'une voix de gorge qui m'émeut toujours. Je ne me retourne pas, car je sais qu'elle ferait celle qui dort.

Dehors, le froid astringent et l'éclat de la neige me

48

figent un instant. Une charrue à chevaux déblaie la rue de l'autre côté, dessinant de longues courbes devant les voitures stationnées. La buée blanchâtre des naseaux des chevaux ne vainc pas la mince toile de glace qui les couvre. Arthur Prévost, un gras marchand, propriétaire du plus important magasin de la ville, me salue ; j'ai peine à le reconnaître, aveuglé par le soleil. C'est un vieux client du docteur Lafleur. Il se rend à pied à son établissement tous les matins après un petit déjeuner qui fait frémir son médecin, homme d'une frugalité excessive.

Je me dirige vers ma voiture en tentant inconsciemment de me dérober au regard de Kouri que j'imagine m'épiant derrière sa vitrine couverte de frimas. Le démarreur roule piteusement. Le contact ne se fait pas. Comme je referme la portière, j'entends la voix de Jim, insolite dans ce paysage de neige :

— Gelé dur, docteur ?

Il est devant la porte de Kouri et me regarde avec amusement, les mains dans les poches, la casquette de guingois, le pardessus verdâtre déboutonné.

— Conduis-moi à l'hôpital.

Mon irritation a percé dans la voix. Jim me considère, impassible, et ne me répond qu'après un temps, en traînant la voix.

— Oui, docteur. On ne laisse pas une voiture de cet âge-là dehors par un temps pareil.

Je lui tourne le dos et m'en vais au garage, de l'autre côté de sa cabane. On ne pourra me rendre la voiture avant la fin de l'après-midi. Je ferai donc mes visites dans celle du docteur Lafleur. Tous mes clients ou presque étaient les siens il y a un peu plus d'un mois et ils nous reçoivent indifféremment l'un et l'autre.

Jim conduit largement étalé sur la banquette, tenant le volant d'une main molle, une jambe à la dérive sous le tableau de bord, l'autre pressant l'accélérateur par le simple jeu de son propre poids. Il ne dit pas un mot jusqu'au feu rouge devant l'église. Là, il soulève sa casquette, passe une main dans ses cheveux gras.

— Faudra que vous fassiez attention, docteur. La semaine prochaine, c'est Noël. Je n'aurai pas le temps de vous conduire tous les matins.

— Il y a d'autres taxis, Jim.

J'ai la voix sifflante et je le regrette parce qu'on ne peut s'irriter contre lui. Il peut tout encaisser sans accuser le coup. Cela doit lui produire un petit bruit flasque à l'intérieur et c'est tout. Chercher à l'humilier serait vouloir fendre l'eau avec une épée.

— Eux aussi seront occupés, docteur.

Le feu est vert. Il repart lentement en me regardant dans le rétroviseur qu'il a placé de façon à voir non pas la route, mais le visage des clients.

— Il y a votre femme qui voudra sortir aussi, aller plus loin que chez Kouri… dans les magasins.

La pause, c'était pour constater le coup dans le rétroviseur. Quand il me parle de Madeleine je me fige automatiquement. J'ai beau chercher le moyen de l'empêcher de me parler d'elle sans perdre ma dignité, je n'y parviens pas. Et Jim est assez perspicace pour me sentir désarmé. Mais il ne pousse pas l'avantage plus loin. Nous sommes engagés sur le chemin de l'hôpital et il accélère, conduisant avec une nonchalante adresse sur la glace recouverte d'une neige dangereuse.

Devant l'hôpital il est très correct. Il descend prestement pour m'ouvrir la portière et, sans trop s'en rendre compte, il incline légèrement son énorme torse. Devant les badauds, Jim exprime inconsciemment, comme eux tous, son respect du médecin, de l'homme qui un jour se penchera sur eux en même temps que le prêtre pour un dernier contact humain.

À la salle de chirurgie, le docteur Lafleur a déjà endossé sa blouse blanche et m'attend. Le cheveu rare, les yeux d'un bleu plus sombre sur le blanc de la blouse, la figure du vieux médecin pose pour le masque de la mansuétude. Il me salue de son sourire à peine ébauché, le sourire d'une sagesse résignée qui a essayé de réconforter trop de morts pour s'épanouir à l'aise. En quarante années de médecine, il a bouclé trop de fois la chaîne, accouchant le matin, donnant le soir l'ultime piqûre de morphine, pour ne pas regarder les hommes et les choses avec une sérénité un peu triste, une lourde lassitude.

La civière passe devant moi comme j'enfile mes gants. Les yeux de la malade fouillent le décor avec inquiétude, mais le docteur Lafleur la rassure en lui tapotant l'épaule.

Puis tout se fait très vite. Les yeux qui se ferment, la bouche qui s'ouvre un peu cherchant l'air, les lèvres sèches, les membres qui se détendent d'une secousse. Incision. Tampons. Pinces. Puis il n'y a plus que le spectacle des mains du vieux chirurgien qui dessinent leur rapide ballet d'ombres chinoises. Le doux regard s'est durci, tout entier à la chair vive qu'il fouille. L'excision faite, il se recule, un peu pâle.

— Vous laisserez un drain.

Sous son regard je ne suis pas entièrement libre de mes mouvements. Je me sens pataud et je vois bien que mes mains n'ont pas la merveilleuse aisance des siennes. Puis on emporte la malade, corps inerte qui s'éveillera tantôt à la douleur. Une intervention chirurgicale me laisse toujours oppressé, angoissé presque. L'activité minutieuse et diverse au-dessus de la table m'enlève toute émotion, et je suis plus attentif aux rouages du corps humain qu'au corps lui-même. Puis, quand on emporte le patient il recouvre à mes yeux son identité, son passé et son avenir d'être humain, avenir parfois de quelques heures, qui se déroule à une vitesse prodigieuse sous nos yeux dans la salle de chirurgie. Et il nous faut assister jusqu'à la fin, jusqu'à ce que le fil s'amenuise et s'abolisse, sans que nous puissions rien faire pour enrayer la bobine, amplifier le souffle, suppléer au sang, cette eau et ce sel tout à coup si précieux que la mer entière n'en donnerait pas une goutte. Légende que l'insensibilité du chirurgien. Il ne regarde pas la mort avec une table de statistiques. Il lutte avec lucidité, mais la lucidité n'est plus d'aucun secours quand il a perdu la partie à ce point; il ne sert de rien de comprendre, l'enveloppe charnelle tout entière est remuée et cela suffit.

Croyant, sans phrases et sans belles attitudes, le docteur Lafleur s'incline avec une humilité réelle devant l'absurde parce que sa foi l'éclaire sans lui permettre de voir, mais son humilité n'exclut pas la tristesse et, peut-être, l'indignation. Il ne se console certainement pas de la mort d'un enfant en pensant à la multiplication des anges. La sérénité ne touche pas facilement le front d'un médecin. Le plus souvent, elle n'est qu'une résignation lasse, le fruit d'échecs trop souvent répétés au cours des ans. On ne parle plus du ciel à un enfant tordu par une méningite cérébrospinale; ses convulsions et ses spasmes ébrèchent l'idée d'une justice absolue, ne peuvent que faire naître un douloureux doute dans l'âme la plus confiante. Je suis sûr que mon vieil ami frémit encore et que si je lui faisais part de mon refus religieux, il n'aurait pas un mot pour m'imposer la soumission à coups de mystère. Sa propre mansuétude milite contre une bonté céleste si cruellement défaillante. Sa foi douloureuse me fascine, mais ne me convainc pas. La paix doit lui venir davantage de sa pitié et de sa commisération proprement humaines.

— Vous êtes venu avec Jim?

Nous nous lavons les mains. Je le regarde, étonné.

— J'ai vu votre voiture dehors. Ce n'est pas prudent dans notre métier.

Les yeux sourient sous les sourcils broussailleux. Il veut éviter de me paraître paternel. Une infirmière lui tend son veston.

— Moi, j'ai l'habitude. Je l'ai prise au temps des chevaux. Forcément, gelé ou mort de sommeil, il fallait bien conduire la bête à l'écurie.

Je l'imagine battant la campagne en traîneau par un jour de décembre, froid comme celui-ci, passant à travers champs parce que le vent a comblé les chemins d'une neige légère où le cheval s'enlise, dormant dans la maison du malade pour repartir à l'aube, tout seul dans le paysage de sel. Une époque où les femmes accouchaient toutes chez elles, sans le secours de l'anesthésie et de l'asepsie, où les transfusions de sang étaient rares. Il m'a raconté s'être fait aider un jour du mari pour tirer l'enfant, les pieds appuyés sur la mère qui poussait des hurlements de terreur.

Il commande partout le respect, mais, pourtant, il lui arrive d'entendre des enfants, qu'il a mis au monde, crier lorsqu'il grimpe péniblement un raide escalier extérieur :

— Regarde donc souffler le vieux !

Son âge ne l'empêche pas cependant de suivre de près les progrès de son art. Par de simples injections d'hormones il vient de rendre femme une grosse fille de vingt ans dont le développement sexuel s'était enrayé avant la puberté. Cela l'excite comme un étudiant de première année. Et son diagnostic, qu'il a toujours appuyé sur les seuls symptômes cliniques, est rarement infirmé par les analyses de laboratoire. Il n'est pas un jeune médecin qui ait aujourd'hui à pousser si loin l'art d'interpréter les symptômes. Il renvoie au laboratoire ou au spécialiste.

Je l'accompagne dans ses visites à domicile et je rentre chez moi très tard. Madeleine a déjeuné avec Thérèse. Je mange seul dans la cuisine, servi par ma femme qui est enjouée, ne se plaint pas du temps, ni de mon retard. Son attitude me rassure sur l'incident d'hier. Je n'ai pas terminé mon repas que deux clients m'attendent déjà en bas. Je promets à Madeleine de remonter dans une heure. À la porte, je me retourne pour prendre des médicaments que j'ai laissés sur une chaise en entrant et, durant une seconde, je vois à Madeleine un regard dur, chargé d'électricité. Elle sourit aussitôt, froidement.

Je suis tout étonné de trouver dans ma salle d'attente Arthur Prévost. Replet, plein d'une énergie nerveuse en dépit de son embonpoint, ce commerçant respire l'assurance. On lui prête des millions. Sa fortune est certainement bien assise. Je ne crois pas un instant qu'il soit venu pour une consultation. C'est un client que le docteur Lafleur tient à conserver et, de plus, il n'est pas homme à se présenter à une consultation en même temps que tout le monde. D'ailleurs le docteur Lafleur m'a souvent parlé d'une formidable santé qui résiste à tous les excès de table.

Il me tend une main vigoureuse, s'assied sans que je l'y invite et m'interroge tout de suite d'une voix sonore, sans inflexion.

— Alors, vous vous plaisez à Macklin?

Il ne me laisse pas le temps de lui répondre.

— Ce n'est pas la grande ville. Mais c'est prospère. Très prospère. Savez-vous que nous avons l'un des plus forts pourcentages de propriétaires de la province?

Je songe aux centaines de bicoques de bois. L'admiration ne me vient pas.

— Vous seriez étonné du nombre de réfrigérateurs que je vends dans une année. Il roule beaucoup d'argent dans Macklin. Avez-vous de la difficulté à vous faire payer?

Cette question directe m'indispose. Si, mes clients me paient mal. Mais cela ne le regarde pas. Qu'il se contente d'obtenir les paiements mensuels pour ses réfrigérateurs.

— Non. Je ne suis pas inquiet.

Il me regarde droit dans les yeux, espérant sans doute m'arracher la vérité par hypnotisme.

— Vous savez, je suis en mesure de vous aider. Je contrôle pas mal de choses à Macklin. Tenez, soyons francs. Je sais par la banque que vous êtes en mauvaise posture.

Je lève la main pour protester, mais il me repousse d'un coup de tête.

— Allez, vous débutez. Une installation de médecin coûte quelque chose.

Il jette à la ronde un regard qui doit humilier mon pauvre équipement.

— Je vous prête à trois pour cent la somme que vous devez à la banque. Vous gagnez deux pour cent et demi. Je prends vos comptes impayés en garantie.

Il s'est avancé sur le bord du fauteuil et attend ma réponse, ruisselant de générosité. L'offre n'est pas à dédaigner, mais cela m'inquiète qu'elle vienne de lui. La ville ne le considère pas exactement comme un philanthrope.

— Pourquoi me proposez-vous cela ?

— Parce que je suis un vieil ami du docteur Lafleur. Il vous estime beaucoup. Alors, j'aimerais que vous réussissiez. Le docteur Lafleur se fait moins vigoureux. Macklin a besoin d'un jeune médecin.

Je lui promets de réfléchir et de lui en parler le lendemain. Puis, sans transition, il me dit :

— Regardez donc mes yeux. Il me faut quasiment une loupe pour lire le journal.

Il y a un oculiste à quelques pas d'ici. Je ne comprends pas qu'il me consulte moi. J'hésite à le renvoyer au spécialiste avant de l'avoir examiné. Il prendrait cela comme un aveu d'incompétence. Je l'examine avec la petite lampe que j'emploie pour les oreilles. Je crois voir une opacité de la cornée. Cataracte sans doute. Je ne ferai certainement pas le diagnostic. Je lui dis :

— Inflammation du fond de l'œil, je crois. Baignez-vous l'œil gauche à l'eau boriquée, le soir. Si vous ne constatez pas une amélioration, il vous faudra consulter un oculiste.

Je vois que la simplicité de mon traitement ne le satisfait qu'à demi. Il me quitte en riant bruyamment, m'affirmant qu'il accepte ce premier compte impayé en garantie.

Il est suivi d'une grosse femme, barbue, la chevelure très noire semée de quelques filaments gris, les épaules tombées, ce qui donne à son tronc une forme ovoïde. Elle me regarde sans mot dire, figée dans la porte. Je l'invite à s'asseoir et elle se meut lentement pour descendre enfin vers le fauteuil où elle se tient rigide et sur ses gardes. Ai-je le visage d'un tortionnaire ?

— Qu'est-ce qui ne va pas, madame ?

— Heu… Je ne sais pas.

Elles ont toujours l'air de me dire qu'elles sont venues me voir précisément pour savoir ce qui ne va pas. Je l'ausculterais des pieds à la tête sans autre préambule qu'elle ne protesterait pas, sûre que je découvrirais bien tout seul son mal. À ce compte-là, je passerais la journée au bureau. Le mieux est encore de les interroger sur leur âge, leur famille. Elle a soixante-cinq ans. Veuve et mère de sept enfants, dont trois ont moins de vingt ans, elle s'échine toute la semaine à faire les gros travaux de ménage dans un hôtel et chez quelques familles. Elle ne m'avoue pas qu'elle gagne une somme décente, mais elle concède que, depuis la guerre, les gages ont augmenté. Elle ne sent pas encore son grand âge. Pour les muscles, ça peut encore aller.

— Mais la respiration. Je m'essouffle vite maintenant. Si ce n'était qu'à frotter, je ne serais pas venue vous voir, vous pensez. Mais rien qu'à monter l'escalier chez moi, le soir, je suis tout étourdie de chercher mon air.

Je remarque tout à coup que la contraction de ses traits n'est pas due à un caractère farouche, mais à l'anxiété, celle des cardiaques qui retiennent la course de leur cœur par une tension de toute leur chair. Chaque respiration est péniblement ressentie. C'est un peu le masque des enfants craintifs trop souvent battus. Je n'aurai pas besoin de lui faire préciser pendant trente minutes les symptômes subjectifs comme lorsqu'il s'agit d'un mal d'estomac, l'estomac s'étendant pour eux depuis le cou jusqu'aux fesses. Je lui demande de dégrafer sa robe. Le stéthoscope est bien inutile. Je vois la peau flasque se creuser et se gonfler à un rythme erratique, comme si le cœur avait quitté sa gaine et battait dans une cavité trop grande pour lui. Distension. Angine. Les pulsations, il serait même possible de les suivre sur le visage de la malade.

J'entends rire Madeleine dans l'escalier. Une impulsion irréfléchie me fait quitter ma cliente à demi dévêtue et pantoise. Il y a deux personnes dans la salle d'attente. Je passe devant elles sans les saluer et me retrouve devant Madeleine, interdit, le stéthoscope ballant sur ma blouse, l'air stupide. Je vois la pupille de ses yeux se dilater un peu, ses lèvres s'amincir.

— Qu'est-ce qui t'arrive?

Sa voix n'a aucune chaleur.

— Où vas-tu?

Elle secoue la masse de ses cheveux et me regarde avec colère.

— Où je vais? À l'église, tiens!

L'irritation met du vert dans ses yeux bleus. Elle a senti la suspicion dans ma voix et elle s'insurge. Elle continue à descendre, mais je suis devant elle. Elle s'attend à ce que je lui cède le chemin. Je n'en fais rien.

— Où vas-tu?

— Laisse-moi passer.

— Pas avant que tu ne m'aies répondu.

Je sens le ridicule de la situation, mais j'y suis trop enfoncé pour m'en retirer d'un coup. Madeleine frémit de rage. La porte de ma salle est entrouverte. Il est possible qu'on nous voie et nous entende, bien que nous parlions d'une voix sourde, hachée. Madeleine se recompose un masque dédaigneux avec une aisance prodigieuse. Elle me dit doucement:

— Je vais me faire coiffer. Occupe-toi de tes clients.

Et je la laisse passer, mécontent, d'elle, et de moi surtout. Ses cheveux brasillent dans le miroitement du soleil et de la neige. Ils ondulent légèrement sur le vert du manteau. Elle hésite quelques secondes sur le seuil et se dirige du côté des magasins. En me retournant je vois au haut de l'escalier les jambes de Thérèse qui se retirent doucement. Elle a tout vu et entendu sans doute.

J'avais laissé la porte de mon bureau ouverte et le dos de ma malade fait une tache grise devant ma table, une tache que les deux personnes qui sont dans la salle ont pu remarquer tout ce temps. La cardiaque, elle, n'a pas bougé. Pour fermer la porte il lui eût fallu montrer sa poitrine. Elle a courbé le dos et supporté patiemment cette atteinte à la pudeur. Cet impardonnable oubli me fait tout de suite oublier la scène avec Madeleine. La sexagénaire relève son visage disgracié et je lis dans ses yeux une protestation muette, une révolte trop humble pour oser s'exprimer.

Je lui ordonne d'abandonner tous ses travaux et de se reposer pour un temps indéfini. Dans ses yeux, ce n'est plus de l'anxiété, c'est de la panique.

— Docteur, je ne peux pas laisser… Une semaine peut-être, mais pas plus.

— Il vous faut vous reposer beaucoup plus longtemps. Vous souffrez d'une maladie très grave.

Il ne reste que quelques gouttes d'eau pour cette assoiffée et je ne peux répondre à l'imploration de ses yeux. Elle doit renoncer à gagner de l'argent. Ce sacrifice même est bien inutile. Elle peut être emportée d'un moment à l'autre.

— C'est si grave…

Sa bouche demeure ouverte, mais elle n'émet

aucun son. Je ne peux lui parler de son cœur sans accroître son anxiété.

— C'est de la fatigue, l'usure. Une mauvaise circulation du sang.

— Il y a des remèdes?

Maintenant elle pense sans doute à l'argent. Les médicaments pour une si grave maladie doivent coûter cher.

— Non, le repos suffira. Évitez tout effort. Je vous interdis tout travail, même chez vous.

Elle paraît soupeser mon ordonnance. Pas de médicaments. Cela l'intrigue. En sortant de mon bureau elle conclura peut-être à mon incompétence et retournera certainement travailler. Quelqu'un a dû retenir ses services cet après-midi. Elle sait bien que, si elle annonce qu'elle ne peut accepter parce qu'elle est malade, c'en sera fini de son métier. On doit déjà hésiter à l'engager à soixante-cinq ans.

Elle se retire à reculons, gauche et pitoyable. Je songe à ses enfants qui, les premiers, n'accepteront pas qu'elle quitte le travail et se repose. Mais il n'y a pas d'hôpitaux pour les cardiaques. Je ne peux la soustraire à son milieu, à la chaîne qui l'obligera à poursuivre, tête baissée, un peu essoufflée, capable encore de sourire devant la boîte de chocolats qu'on lui offrira à Noël.

Trois clients encore, puis c'est le docteur Lafleur qui vient me chercher pour les visites de l'après-midi. Je lui parle de ma cliente. Il ne la connaît pas. Quant à l'offre d'Arthur Prévost, il me conseille d'accepter. C'est me mettre à sa merci, mais mon vieil ami ne doute pas que le nombre de mes clients augmente considérablement d'ici quelques mois. Il soulève à tout instant son chapeau pour saluer des personnes qu'il ne reconnaît pas le plus souvent. Entre deux coups de chapeau, il me dit rapidement, pour ne pas paraître m'écraser sous sa bonté :

— Si jamais les paiements sont difficiles, je pourrai vous aider.

Un peu gêné, il brosse sa moustache avec son pouce et m'entretient, de façon décousue, de la puissance financière d'Arthur Prévost.

Il est homme à détourner les yeux en donnant aux pauvres. Il n'est complètement libre et à l'aise qu'avec les enfants.

# 3

Le garçon du garage enlève ses gants, couverts de cambouis gelé, pour me rendre la monnaie. Il est cinq heures et la neige a repris, fine et tombant en vrille. Sur la rue Green les voitures roulent lentement, comme retenues au pavé par la glace. Les feux rouges, devant l'entrée de la mine Benson, font une tache de sang dans la poudrerie. Il est cinq heures et l'on doit déjà allumer les lampes dans les maisons. Une auto freine à côté de moi devant la pompe à essence, avec le crissement de la craie sur l'ardoise. Le garçon a enfin terminé ; je le remercie et il me regarde partir, immobile, taciturne, ses doigts gourds appuyés sur les cuisses, les gants sous l'aisselle.

Macklin apparaît dans le crépuscule ouateux comme une ville fantôme sous la lune. Les monticules de poussière dressent au ciel d'illusoires pyramides de granit blanc et les petites maisons de bois qu'ils écrasent ne sont plus que des blocs de marbre semés au hasard. La poussière que les wagonnets continuent de déverser au sommet des buttes est aussitôt happée par la neige. La fumée blanche de la locomotive prolonge le cône d'un champignon à peine perceptible dans la neige.

Je passe derrière le garage pour remonter la pente à côté de chez Kouri. Je gare la voiture avant d'arriver à la rue Green. Je ne suis pas élégant; ça m'est égal. Et puis, je n'apprendrai peut-être rien, je n'apprendrai sûrement rien. La vérité ne se laisse pas saisir ainsi dans un traquenard puéril. Que parler de piège! Je vais voir, regarder. Rien de plus naturel et de plus inoffensif. Et cette vérité-là n'existe pas, j'en suis convaincu. Parce que j'ai besoin de cigarettes, que j'ai regardé l'heure et que je me suis dit que peut-être... S'il me faut suspecter un acte aussi anodin, je me prépare un enfer.

J'ai fermé la portière et j'hésite encore à quelques pas de la rue Green, n'osant m'avancer davantage. Deux femmes descendent dans ma direction; cela me décide. J'entre chez Kouri d'un pas pressé, ne regardant que le Syrien. L'insistance que je mets à ne pas laisser errer mon regard doit être visible. Je sens, sans le voir, que Jim est appuyé au comptoir près de la vitrine. Kouri me suit lentement jusqu'à la caisse, le regard un peu fixe lui aussi. Du coin de l'œil, je vois que Jim s'approche de nous. Il s'assied deux ou trois tabourets avant la caisse. J'ai l'impression que tout le monde a fait silence dans l'établissement, que même les tubes fluorescents sont figés. Je vais marcher sur un pétard ou sous une chaudière d'eau préparée pour moi. Je fais effort pour sortir de cette atmosphère que je suis peut-être le seul à ressentir.

— Ça va, Kouri?

J'ai la voix fausse. Quelqu'un va me mettre la main sur l'épaule pour me rassurer, me dire de me détendre.

— Ça va, oui.

Kouri traîne la voix. Il chante à peine plus juste que moi, avec un chevrotement.

Je mets l'argent sur le comptoir pour les cigarettes. Il y a un trou de silence.

— Vite, Kouri. Je suis pressé.

Il se penche sous le comptoir. Je regarde vers la rue pendant ce temps. Jim, les jambes bien écartées, le ventre pointant dans l'ouverture de son pardessus, me regarde de ses yeux ternes entre deux gorgées de coca-cola. Il regarde aussi vers le fond de la salle et un vague sourire passe sur son visage.

Kouri me tend enfin les cigarettes. De ses yeux il m'indique le fond de la salle, discrètement. Je prévoyais à tel point qu'il ferait quelque chose de ce genre que je ne suis pas sûr. C'est peut-être moi qui ai jeté un regard en coin et Kouri n'a fait que me suivre. Mais il se reprend, en insistant un peu plus. Je me retourne. Elle est là, seule, sur une banquette du fond. M'a-t-elle vu? Je ne saurais le dire. La tête un peu inclinée, les yeux dans le vague, sans manteau, elle paraît écouter. Et je m'aperçois que le juke-box joue sa petite romance. Devant elle, un soda vidé à demi auquel elle ne touche plus. Nous sommes trois ombres qui se meuvent en même temps. Kouri redresse un peu la taille, comme libéré d'un fardeau. Jim en déplaçant seulement une jambe fait tourner le tabouret vers le comptoir. Moi, je me dirige lentement vers Madeleine toujours immobile dans la même pose. On dirait que la musique coule sur son visage comme un blanc d'œuf et le fige en traits rigides. Elle n'est quand même pas en transe. Elle ne va pas pousser un hurlement de terreur si je l'éveille.

Je suis devant elle, elle me regarde à hauteur de poitrine et lève lentement les yeux jusqu'à mon visage. La musique a cessé.

— Donne-moi de la monnaie.

Sa voix est parfaitement naturelle, très calme. Elle a mis une robe largement ouverte au col et l'on voit sa peau blanche jusqu'au gonflement des seins.

— Je suis entré pour acheter des cigarettes et…

— Donne-moi de la monnaie.

— Laisse, je réglerai en sortant… et je t'ai vue.

— C'est pour le disque. Je veux le réentendre.

Elle reprend la pose pour écouter et fronce le sourcil lorsque je lui parle. J'écoute moi aussi. C'est affreusement banal. Une maigre mélodie, une psalmodie plutôt, chantée par un homme d'une voix un peu nasale. Cela parle d'amour et de malheur, de pain sec et de nuits tendres.

Je n'ai jamais trouvé vulgaire ce goût qu'a Madeleine pour la romance. Je ne comprends pas que ce goût soit si vif, comme je ne comprends pas son exaltation au cinéma. Mais elle y met une telle spontanéité que je crois que cela correspond à quelque chose d'intérieur chez elle. Ce n'est pas de la sentimentalité. Elle ne goûte pas tellement la chanson elle-même, ou le film, que l'état de disponibilité où ils la mettent, un peu comme le ferait l'alcool. Cela appartient à cette part de son être que je n'atteins pas. Ce goût n'est pas vulgaire mais il a besoin d'un autre milieu que le mien pour s'épanouir. Madeleine vit plus intensément dans un restaurant comme celui de Kouri, ou dans la rue, parmi les mineurs, qu'à la maison. Elle a conservé de son milieu ouvrier un étonnant instinct d'imprudence, la liberté de jouer son va-tout à l'instant, parce que possédant peu ou rien. C'est un terrain où je ne peux la suivre avec naturel. D'une famille de petits-bourgeois, je n'ai pas d'inclination pour les départs subits, les mains vides, et sans but. Le risque, pour moi, n'est pas nécessairement total. J'ai le sens de la mesure, une qualité qui ne séduit aucunement Madeleine, qui lui apparaît un peu comme de l'avarice. L'animal en liberté n'amasse pas, ne tient à rien qu'à sa nourriture du moment. Madeleine de même. Pour employer un mot qui amènerait un sourire dédaigneux sur ses lèvres, elle sera toujours prolétaire. C'est à l'instant même qu'il lui importe d'être satisfaite, non pas dans un avenir problématique. Je l'ai aimée à cause de cela surtout, dangereusement peut-être. Elle était pour moi tout l'exotisme. J'étais chez elle en pays étranger et nous n'avons, ni l'un ni l'autre, renoncé à nos mœurs particulières. Il y a peut-être en nous des forces contraires pouvant se heurter ; notre jeunesse nous permet de rétablir rapidement l'équilibre.

Cette différence profonde, essentielle je ne l'ai vue véritablement que quelques semaines après notre installation à Macklin. Auparavant je la sentais confusément sans pouvoir la formuler. Sa liberté me séduisait comme qualité physique plutôt que morale. Son égoïsme, aussi sain chez elle que chez le jeune enfant, m'apparaissait comme corrélatif de cette liberté. Ses goûts pas très éthérés, je les attribuais à la différence sociale sans m'en préoccuper. Je sais aujourd'hui que Madeleine eût été la même dans n'importe quelle famille.

Le restaurant s'emplit peu à peu des mineurs qui vont rentrer à la mine. Le froid n'avive pas leur teint terreux et ils ont le fond de l'œil sanglant comme s'ils venaient de s'éveiller. Les gestes brefs et nerveux d'hommes fatigués. Ils s'interpellent et se parlent d'une extrémité de la salle à l'autre. Ils sont ici chez eux et la présence de Madeleine ne leur paraît pas insolite. Depuis trois mois, ils se sont habitués à elle, l'ont reconnue peut-être comme de la même race qu'eux. Si je n'étais pas assis devant elle, ils lui parleraient sans doute. Certains la saluent.

— Tu les connais ?

Le disque terminé, elle m'a tendu une cigarette.

Maintenant elle rejette la tête en arrière et tente de faire des ronds de fumée. Elle est ridicule.

— Tu me surveilles! Prends le temps de fumer, tu verras bien ce qui se passe.

Elle sourit, très sûre d'elle. Oh! non, je ne lui passerai pas le licol! C'est en liberté qu'il me faut la posséder. Son regard me défie paisiblement. Que je tende la main pour m'en emparer et elle s'échappera d'un bond. L'appareil de la loi n'est pas pour l'intimider. De droits sur elle, je n'ai que ceux qu'elle accepte. Un pacte pour la vie? Madeleine ne signe pas de pactes, ne se donne pas en contrat. Cela seul peut-être me la rend précieuse. Elle n'est pas un miroir où me réfléchir, ni un écho de ma voix, mais une proie. Elle se moquerait la première du mot *communion* et de tous les autres qui suggèrent l'image de deux amants unis en un seul. Elle ne boitera jamais parce que j'ai mal au pied. C'est son réalisme à elle, cruellement hostile à l'illusion et à l'enluminure.

— Tu les connais?

Je répète ma question, parce que la pensée qu'elle puisse passer tous les après-midi ici à converser avec eux m'est insupportable. Son sourire se fait plus méprisant, félin.

— Quelques-uns, oui. Toute la ville connaît forcément la femme du docteur Dubois. Il y a même des inconnus qui me saluent.

— Ceux que tu connais, tu les as rencontrés ici.

— Pas chez eux, bien sûr!

Je l'amuse beaucoup. Elle attend de voir comment je vais me dépêtrer. Comme une visite chez son amant, où je chercherais les mots pour laisser entendre que je sais, que je ne suis pas dupe.

— Je n'aime pas beaucoup te voir ici tous les jours.

— Tu me l'as déjà dit !

Elle a répliqué vivement, en position de combat. Elle a entendu hier soir lorsque je lui ai parlé de Kouri, elle a fourbi cela toute seule, attendant que je revienne à la charge. Elle a ruminé là-dessus au lit, ce matin. Thérèse lui a peut-être parlé de mes questions. Et elle est venue chez Kouri tout de suite après le déjeuner, sans attendre que j'en aie fini au bureau, contrairement à son habitude. Le pauvre Kouri a dû essuyer un regard terriblement chargé lorsqu'elle est entrée. Et elle n'a pas craint de s'ennuyer ici pendant près de trois heures, sachant que je viendrais et qu'elle pourrait me faire souffrir doucement, que j'aurais le rôle humiliant.

— Ça m'est égal que tu t'amuses comme tu l'entends, mais nous sommes dans une petite ville où ton attitude peut me nuire considérablement. Il suffit de peu pour scandaliser ces…

— Laisse le scandale ! Je ne réussirai quand même pas à empêcher les gens d'être malades. Ton avenir n'est pas en jeu.

Elle ne réagit pas comme je le souhaite. Je préférerais une colère blanche à ce calme altier. Elle paraît avoir pris une décision depuis longtemps ; cela lui évite d'improviser, de suivre ses impulsions du moment. Je me sens devant elle comme si je n'arrivais pas à lui faire entendre quelque chose. Mes mots laborieux donnent des proportions fantastiques à une situation anodine. Au fond je ne veux qu'empêcher qu'elle ne nourrisse la rumeur publique. Ce n'est pas entre elle et moi, mais entre nous et les autres. Je ne suis ni jaloux ni soupçonneux. Pas assez stupide pour m'inventer un beau malheur tout neuf parce que Madeleine ne se conduit pas en épouse casanière. Mais par son attitude elle m'oblige au rôle de tourmenté.

— On parle déjà. Kouri m'en a informé.

— Tu choisis bien tes indicateurs ! Après trois mois de mariage tu me fais surveiller ! C'est… c'est dégoûtant. Si tu n'es venu ici que pour m'épier tu peux t'en aller. Je n'aime pas ce jeu-là. Et je continuerai de faire ce qui me plaît.

Ses yeux ne lancent pas de flammes. Une colère froide, artificielle. Tout le ridicule est pour moi et je ne sais qu'inventer pour mettre fin à cette scène loufoque.

Je sens qu'on nous regarde. Kouri a allumé tous les tubes fluorescents et les visages de ses clients deviennent livides. Quelqu'un a fait jouer un disque. Madeleine chantonne en me regardant avec indifférence. Je suis las, englué dans cette atmosphère.

— N'en parlons plus. Viens dîner.

J'ai cherché le ton léger ; elle me dit du même ton :

— Non. Je dîne ici.

Elle exagère. Ce n'est plus un caprice, mais de la mauvaise foi.

— Tu n'es pas un peu folle ?

— Non.

Rien ne se modifie sur sa figure. La même indifférence composée, calculée.

— Ne fais pas l'enfant. Viens dîner.

— Non.

Bref, incisif, le mot a le son mat d'une balle. Trop irrité pour ajouter quoi que ce soit, je tourne les talons et passe devant les mineurs sans les regarder. Jim m'ouvre la porte, souriant d'un air stupide. Vingt familles sauront demain que j'ai fait un éclat chez Kouri où, sous le coup de la colère, j'ai abandonné ma femme. La colère, elle, ne subsiste pas. Dès que je me retrouve dans la neige, elle cède devant une souffrance lourde, physique presque. Le mal apparu sans douleur pendant que Kouri me parlait hier soir a terminé son temps d'incubation. Il s'est implanté en dépit de mes dénégations, de mon refus de le voir. Je ne lui résiste plus.

Le pare-brise de la voiture est couvert de neige. Le moteur crachote un peu, puis démarre. Comme j'attends pour m'engager dans la rue Green je me ravise et gare juste à l'angle où j'ai la vue libre jusqu'à la porte du restaurant. Là je guette, n'espérant rien, mais ne pouvant me résoudre à l'équivoque. Les passants marchent tête baissée dans la poudrerie et ne me regardent pas. Au bout d'un moment, je vois sortir Jim. Il se cure les dents et regarde lentement à droite et à gauche. Je me cale sur la banquette comme s'il ne pouvait reconnaître la voiture. Il hume l'air je crois, car il regarde trop haut. Puis il se dirige vers la cabane en traînant les pieds, dévisageant les femmes qu'il croise.

Je continue ma faction une dizaine de minutes encore. Je ne connais pas les gens qui entrent chez Kouri, ni ceux qui en sortent. Des images se bousculent dans ma tête, l'une créant l'autre. Je les ressasse avec une noire délectation. Madeleine souriant à quelqu'un, quelqu'un qu'elle accepte à sa table. Tous ses traits s'adoucissent. Elle a son beau visage brûlant des soirs où nous fûmes heureux, l'extase qu'elle conserve dans ses yeux en sortant du cinéma, l'abandon imminent. Elle sortira tantôt et lui donnera le bras avec le naturel d'un enfant. Je serai aboli, anéanti. Plus une parcelle d'elle-même ne sera madame Dubois. Elle aura changé d'identité comme de vêtement. Le son de son nom dans la bouche d'un autre. La réponse de ses yeux. Son rire nerveux me labourera la chair. Ses cheveux ondulant librement, l'éclair de l'animal bondissant hors de la cage. Je m'exacerbe avec une prodigieuse aisance. Cela tourne comme un film et je n'ai même pas la possibilité de fermer les yeux pour y échapper. Comme une plaie que le malade interroge sans cesse du doigt.

La porte du restaurant est poussée et demeure ouverte un temps sans laisser voir personne. Quelqu'un qui parle encore vers l'intérieur sans doute. Puis c'est le manteau vert de Madeleine. Elle n'hésite pas et se dirige droit de mon côté. Je me laisse glisser un peu, pas trop rassuré par la neige du pare-brise. Avant de traverser devant moi elle regarde s'il ne vient pas de voitures, mais au-delà de la mienne qu'elle a vue tout de suite sans la reconnaître. Et je fais une découverte qui m'abat et me trouble. Madeleine dérive ; elle souffre. Toute seule sur le coin de la rue, enveloppée par les volutes de la neige, elle laisse couler sa souffrance, un peu hagarde, l'œil fixé sur une désespérante image, un mur de geôle. Ce n'est pas le froid qui lui donne ce masque douloureux, j'en suis sûr. D'ailleurs elle n'est aucunement contractée. Elle s'abandonne comme si elle était seule. Elle fait la lippe. Dieu sait pourtant qu'elle a horreur de ses propres larmes. Elle est malheureuse comme les pierres, froidement, figée. Je suis bouleversé par une émotion que je ne saurais définir, par la désespérante solitude où je la vois se débattre avec son puéril courage fait de fierté tenace, aveugle. Il me faut résister à l'impulsion de courir vers elle, de lui avouer que je sais tout, que je suis là pour la réconforter, pour être avec elle dans la vie, qu'elle a un ami dans la ville, grands dieux ! Elle serait capable de me mordre. Et mon émotion paternelle me trouble et m'inquiète. Elle peut être assimilée à de la pitié, un sentiment contre lequel Madeleine se rebellerait avec violence. C'est un peu la souffrance de Madeleine qui m'émeut certes, mais surtout mon impossibilité d'intervenir, sa solitude, qui m'eût touché chez n'importe qui d'autre. Pas un instant je ne songe à donner un sens à l'égarement de ses yeux, à le relier à moi-même ou à d'autres. Comme si Madeleine n'avait qu'une jambe et que personne n'en fût responsable.

Elle passe devant moi et poursuit son chemin en se laissant ballotter, moins vive, moins décidée. Je la suis en auto non pour l'épier, mais fasciné. Elle s'arrête devant le cinéma deux rues plus loin et y pénètre. Je suis un peu perdu et passe un long temps à contempler les lampes du cinéma avant de me décider à rentrer chez moi. Les magasins sont encore ouverts. Nous sommes au vendredi. J'accepte mon impulsion sans l'interroger. J'entre dans une bijouterie et regarde longtemps sous les vitrines sans que rien ne me retienne. Le bijoutier, un gros homme au visage poupin, les yeux dissimulés sous des verres épais qui vous réfléchissent, me laisse faire en me regardant attentivement, comme à travers un microscope. Je ne trouve rien et je m'affole sous ce regard froid. Je demande un prix. L'homme me répond brièvement, du ton qu'emploie le chirurgien au moment d'une intervention pour demander une pince. Le chiffre seulement, puis le silence qui étouffe la bulle d'air. Par crainte d'être mesquin, je tombe dans la démesure. Un bracelet incrusté d'agates onyx. Le travail n'a aucune finesse et vise à l'épate, mais rien sous les vitrines ne pèche par excès de raffinement. Et on n'a pu modifier les mystérieuses teintes de l'onyx, semi-transparentes comme celles d'un vitrail. Cela coûte cher. Je me fais l'impression d'acheter un cheval à un enfant pour l'empêcher de pleurer. Le bijoutier ne me remercie pas. Il dira peut-être à sa femme ce soir : « Le docteur Dubois a acheté le bracelet de tel prix. Je me demande bien ce que ça veut dire. » Et sa femme interprétera mon geste de dix manières, retenant surtout celles qui auront un goût de drame.

Thérèse m'interroge des yeux. Madeleine n'est pas rentrée et j'arrive à six heures et demie. Je lui annonce que Madeleine ne dînera pas à la maison. Elle dit « Ah ! » et me fait réchauffer quelque chose sur le feu. Elle n'a allumé les lampes que dans la cuisine et la pénombre des autres pièces est chargée de la présence de Madeleine, comme si elle boudait seule dans le salon et que je n'osais élever la voix. Thérèse s'assoit devant moi et se ronge les ongles. Elle a jeté un bref regard à la petite boîte du bijoutier enveloppée d'un papier fleuri et n'a pas posé de questions. Je la sais trop discrète pour m'interroger. Elle se contente d'appuyer son regard sur moi, de me fouiller jusqu'à ce que, las de son insistance, je l'éclaire de mon propre mouvement. Je mange gauchement, rapidement. Je voudrais lui demander d'aller s'asseoir ailleurs, mais je n'ose. À la fin je n'y tiens plus.

— Vous pouvez rentrer chez vous. Nous n'aurons plus besoin de vous ce soir.

— La vaisselle ?

Elle ne tient pas du tout à nous quitter.

— Laissez, nous nous arrangerons.

Elle ouvre la bouche pour parler, mais se tait. Elle range un peu, avec lenteur, me regardant à la dérobée. Elle a une inspiration tout à coup.

— Il n'y aura personne pour répondre au téléphone.

— Je m'arrangerai.

J'ai parlé sèchement. Je ne peux lui signifier son congé plus clairement. Elle se contracte un peu pour avaler cela et elle s'en va enfin en montrant un faux air de compassion qui m'irrite.

Il vient quatre clients au bureau. Je les reçois sans chaleur, abrégeant le plus possible. Je n'ai pas de goût ce soir à la souffrance des autres. Je remonte dans l'appartement. Le gargouillement des calorifères souligne le silence traversé d'odeurs, celles de la cuisine arrêtées à mi-chemin du salon par les bouffées d'éther toujours en suspension dans l'escalier. Plus loin, vers l'avant de la maison, c'est le parfum de Madeleine : poudre de riz, cosmétiques. Arriver dans une maison déserte et retracer les habitudes et les occupations de ses anciens habitants en humant l'air tout simplement. Il serait possible de suivre la réalité d'assez près.

J'allume une lampe de table dans le salon et je m'efforce de lire une revue médicale qui me fatigue comme un thème grec. Dehors, il neige toujours. La tempête lèche la fenêtre par saccades, comme une flamme. Je pense au bracelet que j'ai laissé dans la cuisine. Je dépose la petite boîte bien en vue sur une table basse au milieu de la pièce. J'essaie de me mettre dans la peau de Madeleine lorsqu'elle rentrera. Rien ne va. Il n'y aura ni cris de joie ni étonnement. Elle filera directement dans sa chambre sans me voir et sans regarder la boîte. Il faudra que j'aille la rejoindre et elle ne fera rien pour alléger l'atmosphère. Et elle est capable de me dire avec indifférence :

— Qu'est-ce qui t'arrive ?

La possibilité d'être ridicule devant elle m'empourpre déjà. Je reprends la boîte et la mets dans ma poche. J'attendrai le moment favorable.

Il y a plus d'une heure et demie maintenant qu'elle est entrée au cinéma. Elle devrait revenir d'un moment à l'autre, à moins que… à moins qu'elle ne prolonge mon supplice en retournant chez Kouri. J'éteins la lampe et j'attends. Je serai capable de simuler le sommeil et d'avoir tout oublié. Ce sera plus facile de reprendre naturellement si je parais m'éveiller. J'ouvre la radio et un jazz gluant comme un bonbon léché donne à la pénombre des vibrations rassurantes, abolit la rumeur de la rue. Le vent siffle aux fenêtres, mais apaisant, comme le bois dans le feu.

Je n'ai pas de peine à évoquer le visage inquiétant de Madeleine. Je le vois comme si elle dormait ; une forme étrangère à mon amour, un corps qui s'est mis hors d'atteinte pour la nuit et Madeleine qui l'a quitté pour s'en aller ailleurs. Un corps mort que j'interrogerais, étonné de ne plus le reconnaître, irrité que Madeleine n'y soit plus, de ce que je n'aie rien fait pour l'arrêter. J'avais charge de son âme, de son bonheur. Et pendant toute une vie elle m'a filé entre les doigts. Et c'est terriblement vrai qu'elle m'échappe, que je ne peux la retenir par aucun point. Si elle mourait aujourd'hui, je souffrirais davantage de ne l'avoir pas mieux connue et aimée que de sa disparition. Pour la première fois je ressens une responsabilité très lourde. Cette idée de sa mort, et c'est la fin logique de notre mariage, donne à mes paroles et à mes actes les plus anodins une impressionnante gravité. Il doit y avoir des femmes qui s'en vont avec un immense ressentiment contre l'homme qu'elles ont aimé. La mort est le plus égoïste de nos actes. Il ne saurait être question d'épargner les survivants. Quels seraient nos sentiments envers l'un et l'autre si on nous annonçait que demain ce serait fini pour nous deux ? J'aime mieux n'y pas songer, ne pas imaginer le regard que pourrait avoir alors Madeleine. Comme il lui serait facile de me juger définitivement ! Je suis engagé envers elle, sans possibilité de recul. Cet engagement-là ne m'a été dicté par aucune loi, ni par aucune religion. Il ne peut souffrir d'atermoiements. Aussi essentiel que le devoir de vivre. Le résilier serait aussi insensé que de s'enlever la vie, aussi dérisoire. Je n'ai pas acquis Madeleine. Elle m'a confié une part de sa vie en dépôt et elle s'est enfuie. Je cours à sa suite pour la lui remettre. Nous nous poursuivrons ainsi, sans nous atteindre, à moins qu'elle ne s'arrête et ne me quitte intacte, comme je l'ai prise.

J'ai considérablement vieilli en trois mois. Ce doit

être cela la maturité, sentir ses chaînes tout à coup et les accepter parce que de fermer les yeux ne les abolit pas.

La musique de jazz emplit tout l'appartement, elle me prolonge dans toutes les pièces. Je suis seul, largement. Par la musique je touche les quatre murs. Madeleine, en entrant, devra attendre que je me replie dans mon fauteuil. Cela se fera rapidement, parce que ma femme ne craint pas de bousculer.

Je guette à la fenêtre, mais je distingue mal les formes pliées en deux qui passent en bas. La neige réussit à atténuer les clignotements de la lampe à arc. De temps à autre la porte de Kouri s'ouvre et la neige donne un aspect lunaire au rectangle de lumière. En face, chez le docteur Lafleur, quelques pièces sont encore éclairées. Le vendredi soir il joue au bridge avec quelques amis, toujours les mêmes. Ces réunions sont silencieuses. Quelques mots lâchés par bribes coupent seuls le battement des cartes. Le vieux médecin marque les coups d'un sourire. On prend le thé ensuite et c'est tout, jusqu'au vendredi suivant.

Je vois Madeleine enfin, l'air las, inattentif à la rue et aux passants. Elle passe devant le restaurant de Kouri sans tourner la tête. J'entends sa clef dans la serrure. Elle monte l'escalier sans allumer. Je vais au-devant d'elle. J'ouvre le commutateur au haut de l'escalier. Des cristaux de neige brillent dans ses cheveux. Elle ne réussit pas à dissimuler complètement sa lassitude. Je la salue ; elle me répond en passant devant moi. Je m'assieds de nouveau dans le fauteuil gris. Elle reparaît bientôt en pyjama et s'assoit sur le divan rose, les jambes repliées sous elle. Elle prend une revue, la feuillette d'un air ennuyé. Je fais de même jusqu'à ce que je m'aperçoive qu'elle me regarde. Je lui souris, un peu bête. Je vois qu'elle fait effort pour ne pas se détendre. Je vais vers elle très rapidement, sans la regarder, de crainte que son visage ne m'arrête. Je m'assieds à côté d'elle et l'embrasse. Elle est à peine rétive. Elle se couche d'elle-même sur mes genoux, mais violemment, comme un enfant qui continue à faire la lippe quand il n'en a plus envie. Je la caresse et elle se détend peu à peu pour s'en aller, les yeux dans le vague. Puis elle m'arrête la main, comme si je la distrayais de son rêve.

Lorsque je mets la boîte dans sa main, elle ne la regarde pas tout de suite. Rien ne se lit sur sa figure. Mais son goût de l'imprévu reprend le dessus. Elle l'ouvre. L'éclat des pierres se reflète dans ses yeux. Elle fait jouer le bracelet à la lumière sans mot dire, puis elle le met à son bras et m'embrasse sagement en tournant le poignet, le bras tendu. Mon inquiétude, mon irritation, ma compassion se réduisent en un désir. Elle est toute chaude dans mes bras, mais sans vibrations, calme. J'ouvre le pyjama. Elle retourne dans le vague. Je ne sais plus si je n'ai pas entendu sonner le téléphone avant, mais je l'entends maintenant. Je desserre mon étreinte et j'ai l'impression que Madeleine le prévoyait, qu'elle l'attendait. Le dos tourné, je l'entends se mettre sur son séant et reprendre la revue.

C'est pour ma cardiaque de l'après-midi. On me dit qu'elle est prise d'étouffement. Il me faut faire effort pour me rappeler le visage de la malade qui m'avait pourtant fort frappé. Je réponds que j'y vais tout de suite.

— Qu'est-ce que c'est?

Le son de la voix de Madeleine m'étonne. Je me rends compte que nous n'avons pas dit un mot depuis son arrivée.

— C'est grave. Je dois y aller tout de suite. Je reviendrai dans une demi-heure au plus.

Des yeux je la prie de m'attendre. Elle se contente de hocher la tête comme pour dire : « Tu peux y aller. »

La glaciale humidité de la voiture me fait frissonner ou c'est peut-être mon désir qui se résorbe. Sur la rue Green, les roues patinent et je dois m'appuyer au bord du trottoir où il y a toujours un peu de neige durcie. La malade habite une rue étroite et montueuse entre deux monticules de poussière. Le fond est fait de neige et de poussière visqueuse. Impossible de monter. J'abandonne la voiture et continue à pied. Il n'y a d'ailleurs qu'une promenade de cinq minutes. Mais le vent prend la petite rue en enfilade et je dois me mettre le nez dans mon pardessus pour respirer librement. De chaque côté de moi, le sommet des buttes se confond avec le ciel. Sur l'un d'eux la petite locomotive s'essouffle encore avec des quintes de toux dont on s'attend à ce que chacune soit la dernière.

Toutes les fenêtres de la maison sont illuminées. L'ancienne bâtisse est écrasée sur le devant, comme toutes celles de ce quartier. Une vieille femme m'ouvre la porte. Il doit bien y avoir dix personnes dans la pièce étroite qui sert de salon. Je comprends ce que cela signifie. On a convoqué la famille et, en dépit de la tempête, elle est venue.

— Elle est morte d'un coup après le téléphone.

Je n'ai pas besoin d'interroger. Il n'y a rien que ces gens aiment mieux que raconter une mort. Après dîner, la malade a eu un étourdissement, elle s'est assise parce que ses jambes cédaient sous elle, puis elle a penché la tête en avant, sur son bras replié sur la table. Elle est demeurée prostrée ainsi quelques secondes et elle s'est redressée d'un coup en cherchant l'air. C'est alors qu'on m'a téléphoné. Elle est morte ensuite en paraissant s'endormir. Tous ces gens me disent qu'ils ne comprennent rien, qu'elle a dû manger quelque chose qui ne lui allait pas. Une si bonne santé ! Elle travaillait encore à l'hôtel cet après-midi. Et je me demande quelle force poussait la morte à gagner encore sa vie, avec l'insoutenable anxiété des cardiaques. L'appât de l'argent ou le désir inconscient de résister à la mort debout, de l'éloigner en la défiant ? Il semble qu'elle n'avait pas parlé de ses malaises à sa famille. Je suis sûr qu'ils ne savent pas qu'elle est venue me voir aujourd'hui. Elle est morte farouche et courageuse, comme une bête. Je ne peux encore rien pour elle. Je demande quelques renseignements pour le certificat de décès et je quitte une famille presque heureuse d'avoir à veiller une morte.

Je dois laisser l'auto reculer jusqu'au bas de la pente. Je roule comme dans de la graisse. Cela m'évite le supplice du démarreur dont je ne sais jamais comment il va fonctionner. En bas, je cale dans un chemin de la mine où les camions ont tracé de profondes ornières emplies d'une neige molle. J'abandonne la voiture quand ça commence à sentir le caoutchouc brûlé.

Bien avant d'arriver devant la maison, je vois que Madeleine est couchée. Il n'y a pas une seule lampe allumée. Je serre les mâchoires. Le sang me gicle dans les veines. Je ne ressens plus rien que de la colère. Je tourne en rond avec moi-même, avec Madeleine. On triche à tout coup, quoi que je fasse.

# 4

— Je ne serais pas sorti cette nuit même pour conduire une femme à l'hôpital.

L'aisance de Jim. Il tient à peine le volant et file très vite sur la glace. D'un coup de poignet nonchalant il double une voiture sans déraper. Il est bien le seul à pouvoir conduire par un temps pareil, mais il traîne chez Kouri où il ne se laisse rejoindre que par quelques clients choisis. Il hiberne.

— On m'a proposé hier soir d'aller à Brownsville. Je serais resté en route et vous pensez si on m'aurait payé mes frais ! Quel culot !

Il dit cela d'une voix sans inflexion, lentement. L'exclamation chez lui n'est toujours qu'un mot un peu étiré. De temps à autre il soulève un peu sa main potelée, à peine, pour marquer un mot.

— Je peux passer au garage et leur demander d'aller chercher votre auto.

— Pas la peine. Le docteur Lafleur m'y conduira.

Je n'aime pas que Jim me rende service. Il est de

cette race d'hommes dont on n'accepterait même pas qu'ils cirent nos souliers. L'équivoque flotte toujours autour de lui. Vous avez l'impression qu'il vous poignarderait pour le plaisir d'éponger soigneusement le sang de la plaie ensuite. Au chemin de l'hôpital il doit ralentir parce que la neige l'aveugle. Ce ne sont que champs nus des deux côtés et le vent ne rencontre aucun obstacle. De loin, nous voyons que la route est obstruée. C'est un camion de la mine isolée qui dresse son monticule de sable derrière l'hôpital. Jim s'arrête, mécontent.

Un grand garçon tout noir, une tête de héros de cinéma, se penche hors du camion et salue Jim qui le dévisage tranquillement. Pendant une minute, les roues arrière du camion patinent furieusement, crachant des mottes de neige. Jim tambourine sur le volant. Le même manège est répété encore trois fois, jusqu'à ce que les chaînes touchent l'asphalte et fassent jaillir des étincelles. Rien ne va.

Jim se penche, essaie de voir ce qu'il y a dans la boîte du camion. Les veines se gonflent dans son énorme cou.

— Imbécile! Il transporterait des bidons d'eau et il creuserait un puits pour boire. Savez-vous ce qu'il y a dans le camion? Des treillis de métal!

Coléreux, mais à peine plus rapide, Jim se dirige vers le camion, gueule sans hausser la voix. Le héros de cinéma descend et sourit à Jim avec bonne humeur. Je suis frappé de l'impression de force qu'il donne. On dirait qu'il doit retenir tous ses muscles pour ne pas avoir des gestes démesurés. Il monte dans la boîte et, sous l'œil terne de Jim, jette deux énormes treillis sur la route. Jim fume avec sérieux, regarde le garçon pousser les treillis sous les roues et consent à donner quelques conseils. Comme frappé d'une idée il s'approche de moi tout à coup.

— Vous connaissez ce gars-là?

C'est la première fois que je le vois. Jim s'étonne sans conviction, comme s'il ne me croyait pas.

— Vous avez dû le rencontrer déjà. Il est toujours chez Kouri.

Il se ronge consciencieusement les ongles et m'observe. Je ne réagis pas parce que je n'ai aucune idée de ce que cela peut signifier connaître ou ne pas connaître ce garçon.

— Il s'appelle Richard Hétu. Un brave gars. Toutes les filles lui courent après.

Jim prend un air songeur en regardant l'autre. Il ajoute entre ses dents.

— Les femmes aussi… mais il n'a pas inventé la poudre!

Les phrases de Jim m'enveloppent d'un air fétide. Je ne puis jurer que je le comprends bien, mais j'entrevois où il veut me mener. Jim cherche la plaie et la fouille. C'est sa façon à lui de s'amuser dans la vie.

— Hé! Richard, viens ici un peu.

Richard relève la tête, le même sourire de garçon heureux aux lèvres.

— Tu connais le docteur Dubois. C'est lui.

Il m'indique comme s'il disait : « Un chêne c'est ça. »

Richard me jette un regard bref. Il ne sourit plus. Il me salue d'un coup de tête à peine perceptible et retourne s'allonger dans la neige.

— Vous l'impressionnez.

Jim lâche un grognement qui est peut-être un rire.

— Bon, je crois qu'il va dégager. J'espère que vous ne serez pas trop en retard.

Il s'assoit sous le volant en soufflant bruyamment. Les roues du camion mordent le fer. Celle qui est de notre côté tourne un peu dans le vide parce que le treillis a calé, mais elle retombe d'aplomb et le camion s'avance sur la route sans s'arrêter.

— Un cadeau pour les cultivateurs du voisinage, dit Jim qui embraye.

Il double lentement le camion, laisse même un peu l'accélérateur.

— Drôle de gars !

Je n'entends pas Jim. Je regarde Richard, intensément, comme si son visage devait me révéler une chose primordiale. Lui contemple obstinément la route, la mâchoire un peu contractée. Puis Jim accélère, si rapidement que nous patinons un peu. Il répète :

— Drôle de gars !

L'art de l'insinuation chez Jim. Tout va très doucement, comme graissé. Pas de heurts. Il tisse son fil lentement et vous ne vous en apercevez que lorsqu'il est de la grosseur d'un câble. S'appuyant sur l'accotement, il roule très vite, silencieux. Il veut que je me rende compte qu'il prend des risques pour m'aider, pour que j'arrive au plus tôt à l'hôpital. Je n'en peux plus d'être englué dans ses mots.

— Pourquoi m'avez-vous parlé de ce garçon?

Il prend un air étonné qu'il fait durer, comme s'il était à mille lieues de s'attendre à ce que je revienne sur le sujet.

— De Richard Hétu?

Sa main s'est élevée et il la laisse levée pour prolonger l'interrogation.

— Pour rien. Parce qu'il était là et que vous ne le connaissiez pas. Vous posez des drôles de questions, docteur. Je vous aurais parlé de la route et vous m'auriez demandé pourquoi je vous parle de la route. C'est la même chose.

— Non, Jim.

J'ai dit cela malgré moi. Je jurerais que Jim sourit de satisfaction. Le doute n'est plus possible. Il sait qu'il m'a atteint. Il se passe lentement la main sur la figure et m'observe dans le rétroviseur.

Je me retiens pour ne pas piétiner le tapis, d'énervement. Je regarde la route et tente de ne penser à rien. Nous arrivons enfin à l'hôpital. Jim, plus rapide que moi malgré sa graisse, s'empare de ma portière et avant de l'ouvrir prend le temps de me dire :

— N'oubliez pas ce que je vous ai dit. C'est Noël dans quatre jours. Faites attention à votre auto.

Puis je suis pris par le rythme de l'hôpital et je n'ai guère le loisir de penser. Je me résignerais à une partie de solitaire pour ne pas penser.

*   *   *

Reposée, rafraîchie, Madeleine n'a plus son visage désemparé. J'ai peine à croire qu'elle m'ait paru si pitoyable hier. Elle m'accueille en m'embrassant, me débarrasse de ma trousse et affiche un air de gaieté que je lui ai vu souvent autrefois mais qui, aujourd'hui, ne me convainc guère. Je réagis froidement, mais sans la repousser. Je vois qu'elle porte le bracelet et j'en suis plus irrité que réconforté. Thérèse est au diapason et ne paraît pas se souvenir de ma mauvaise humeur de la veille.

Devant mon peu d'entrain à table, Madeleine s'inquiète :

— Tu es rentré tard cette nuit ? Fatigué ?

Comme si elle ne savait pas à quelle heure je suis rentré ! Je découvre en Madeleine une femme que je ne connaissais pas. Elle n'a pas accoutumé de simuler. Elle vieillit, elle aussi.

— Je n'ai pas été absent une heure. Et tu dormais.

Elle n'ajoute rien, étonnée sans doute de mon durcissement quand hier j'étais si veule. Sans trop m'en rendre compte je regarde le bracelet avec insistance. Madeleine suit mon regard et entreprend aussitôt une conversation à bâtons rompus avec Thérèse qui, bien dressée, entre dans le jeu avec le plus parfait naturel. Je suis distrait et sursaute légèrement chaque fois qu'elles s'adressent à moi directement.

— À quoi songes-tu?

— À toi.

— Ah!

Et Thérèse est là pour boucher le trou de silence. Cela dure jusqu'au dessert. Là je prends une décision. Je leur raconte que je suis arrivé en retard à l'hôpital à cause du camion. Elles m'écoutent poliment, n'attendant que mon silence pour reprendre leur dialogue.

— Le chauffeur, un grand niais… Jean ou Richard Hétu, je ne me souviens plus. Assez bellâtre…

Si Madeleine a frémi je ne l'ai pas vu. Tout au plus, la trouvé-je un peu tendue. Mais elle, on sait quand elle s'empourpre, jamais quand elle pâlit.

— Jim était tout étonné que je ne le connaisse pas. Il dit que c'est un habitué du restaurant de Kouri… un tombeur de filles.

Mes yeux ne quittent pas Madeleine, mais elle est rebelle au magnétisme. Je vois ses prunelles s'assombrir comme si une ombre passait dans ses yeux.

— … et des femmes aussi, prétend Jim.

Madeleine ne réagit peut-être ainsi qu'à cause de l'insistance de mon regard et non pas parce que les mots la blessent. Elle serre les lèvres, les veines de son cou se gonflent. Je ne peux lui faire face plus longtemps et mes yeux s'abaissent. Je ne suis pas meilleur que Jim. Sans vergogne, j'utilise ses armes sans même les masquer. Aussi canaille. Je dis quelques mots des treillis de fer et je me tais. Madeleine a subi son éclipse. Elle trouve moyen de sourire et Thérèse fait de même. Puis elles reparlent coiffeuses, tissus et cinéma. Je n'ai jamais su que ma femme pouvait se défendre avec de telles armes. Autrefois elle était directe ; elle m'attaquait de front, m'écrasait et se retirait. Sa nouvelle astuce me laisse démuni. Comment savoir où elle joue la comédie ? Elle peut être assez perfide pour donner l'illusion d'un malheur inexistant. Les mots de Jim, je n'y crois plus tout à coup. Ils prennent un caractère anodin et je suis heureux, au fond, de n'avoir pas poussé davantage mon manège. Dieu sait quelle énorme injustice pourrait me faire commettre la suspicion qu'attise Jim. Heureux encore qu'elle ne m'ait pas forcé à l'irréparable ! L'équivoque persiste cependant et je ne ressens pas encore le soulagement de l'homme qui vient de mettre le pied en terrain solide quand il s'attendait à marcher dans le vide. Madeleine ne m'épargne pas sans raison. Elle n'ose peut-être pas se laisser aller à un éclat devant Thérèse. Elle se réserve le choix du moment où elle frappera. Ou, en fin de compte, il faut bien aussi que j'examine l'autre hypothèse, celle qui ne doit pas être avérée.

Avec peine, je me compose un autre visage et je tâche de m'intéresser à leur conversation. Thérèse demeure pour moi une énigme. Jusqu'à quel point Madeleine se confie-t-elle à cette grosse fille ? Lui a-t-elle raconté notre scène chez Kouri ? Je ne crois pas. Elle n'a aucun intérêt à la dresser contre moi.

Le samedi, il est très rare que je reçoive des clients et je ne fais mes visites qu'à la fin de l'après-midi. Je m'attarde à table. Mais les deux femmes m'abandonnent et s'affairent devant l'évier en parlant peu et bas. Je fume une cigarette, puis j'invite Madeleine à me rejoindre dans le salon. Elle me répond que Thérèse ne peut suffire à la tâche et me laisse seul.

Je m'étends sur le divan, refuge habituel de Madeleine. Je somnole un peu, épiant les femmes de temps à autre. J'ai dû m'endormir pour de bon car je vois qu'on a fermé, sans que je m'en aperçoive, la porte qui fait communiquer la cuisine et le salon. Je me lève et par désœuvrement, sans y penser, j'ouvre cette porte. Thérèse est assise près de la table, enserrant son poignet droit d'une façon trop évidente. Je m'approche d'elle en paraissant regarder dans la fenêtre. Je me retiens pour ne pas hurler de colère. Elle dissimule ainsi le bracelet que j'ai donné hier à Madeleine. Et je sens presque physiquement l'absence de ma femme.

— Où est Madeleine ?

— Elle est sortie.

— Pour aller où ?

— Des courses.

Elle répond d'une voix neutre. Je ne tirerai pas d'elle une plus grande précision. J'essaie de lui dissimuler ma colère jusqu'à ce que je sois dans le salon où je grince des dents sans retenue. Ah ! non. Ce jeu-là ne m'amuse plus! Je vais cesser de couper les cheveux en quatre et lui parler en mari. Aller jusqu'à m'épier, attendre mon sommeil pour sortir! Et si Thérèse portait le bracelet, c'est donc que Madeleine l'a enlevé devant elle avant de sortir. Pourquoi? Pourquoi? C'est que là où elle va le bracelet choquerait, dans l'absolu, ou quelqu'un. Mon sang ne fait qu'un tour. Il ne doit pas y avoir plus de dix minutes qu'elle a quitté la maison. Je la rejoindrai. Ce n'est que dehors que je pense que ma voiture est encore dans la pente; entre les monticules de sable. Celle du docteur Lafleur est devant moi. Il la gare à côté de sa maison et y laisse souvent ses clefs. Elles y sont. Je n'en suis plus à une indiscrétion près. Je roule lentement rue Green en direction de l'église et de la partie commerciale. Au feu rouge, devant l'église, je n'ai encore rien vu. Les trottoirs sont encombrés. Le dernier samedi avant Noël. On est venu de vingt milles à la ronde pour les achats des fêtes. Je tourne à droite et je suis une rue latérale pour revenir dans la rue Green par la pente qui débouche à côté de Kouri. Rien encore. Je continue jusqu'au collège des frères, en vain. Je n'irai quand même pas jusqu'au lac. En revenant, je roule à dix milles à l'heure. On corne furieusement derrière moi. Bon Dieu! Elle n'a pu se volatiliser.

La gigantesque enseigne au néon de Kouri me nargue. Kouri rouge. Kouri blanc. Kouri rouge. Kouri blanc. Un paradis qui m'est interdit. Si je rentre là ce sera devant toute la ville. Il y aura vingt paires d'yeux braquées sur moi qui m'examineront au microscope comme le bijoutier. Je fais claquer la portière de l'auto derrière moi, mais ce bruit n'apaise pas mes nerfs. Je traverse la rue sans regarder personne de peur qu'on y lise ma colère. J'injurierais le premier venu. De l'autre côté, j'affecte de me promener après dîner. Le givre aveugle complètement les vitrines du restaurant et dans la porte je ne vois que la réflexion de la rue. Je passe deux fois, aller, retour. En rentrant à la maison je me heurte à Thérèse.

— Où allez-vous?

— Faire des courses.

— Madeleine est justement sortie pour cela.

— Sa liste n'est pas complète.

Elle fait un sourire contraint et s'en va, se dandinant d'une seule hanche, celle qui est trop gonflée. Je ne remonte pas dans l'appartement. Je n'en pourrais supporter le vide. Je m'assois derrière ma table, dans mon bureau, et je regarde dans la fenêtre la neige qui tombe maintenant moins abondante et plus lente. Ma colère se résorbe dans le calme, dans la torpeur. Je ne m'interroge pas sur Madeleine, ni sur ma réaction. Je me stupéfie avec application. Je suis las de poursuivre, las de chercher une signification aux gestes et aux mots les plus anodins, las de tourner sur mon pieu. Qu'on profite de mon engourdissement pour me détacher de Madeleine, qu'on m'assure, lorsque je rouvrirai les yeux, que tout est rompu, que je peux me remettre à vivre, que je n'ai plus de sœur siamoise! Je suis en ce moment malléable comme de la cire. Tout se passerait sans douleur.

Je tambourine sur ma table avec un coupe-papier et la pointe trace un rond dans la poussière. Thérèse et Madeleine sont si bien d'accord qu'elles ne mettent jamais les pieds dans mon bureau, ni l'une ni l'autre. Chez le docteur Lafleur on lave les gazes sales. Chez moi, on les jette. C'est moi qui nettoie une ou deux fois par mois les pinces, les fers, les forceps. À peine si elles acceptent de laver les bouteilles de médicaments vides. Ne parlons pas des bocaux que j'utilise pour les analyses d'urine. Un sale métier la médecine. Et la mère de Madeleine qui parle en roucoulant de nos voluptés ! Sa fille a l'odorat plus délicat et se tient éloignée. Je retrouve mon irritation et les images se déclenchent dans ma tête. Je pousse au noir avec férocité. L'indifférence, la répulsion même que ressent Madeleine pour mon métier je l'étends à tous et à moi-même. Quels plaisirs communs avons-nous eus depuis notre mariage ? Sur quoi nous accordons-nous ? Ah ! que tout cela est pauvre, que tout est bien raté ! Nous ne sommes liés que par un échec commun. Une horreur physique de mon bureau, de l'appartement, de cette atmosphère de médiocrité mêlée d'hostilité m'assaille et je sors. J'ai l'âme fade comme de la poussière. Je vais chercher l'auto dans le quartier des pouilleux et je fais mes visites plus tôt que d'habitude.

Les vitrines des magasins regorgent d'une camelote qui se donne des airs de joyaux. À la devanture du magasin d'Arthur Prévost un énorme sapin, juché à hauteur du deuxième étage, montre ses petites lampes multicolores comme une parvenue ses bijoux. C'est assez étrange cette façon de célébrer la naissance d'un enfant sur la paille par un débordement de mercantilisme. Prévost m'a confié qu'il réalisait le tiers de ses affaires de l'année dans le seul mois de décembre. On dirait que Noël les a dégoûtés à jamais de l'indigence, que la vue de la paille de la crèche les fait se lancer au galop dans les magasins.

La neige a presque cessé et le temps est moins froid. J'ai l'âme tiède.

*   *   *

Madeleine taille une robe sur la table de la cuisine avec Thérèse. Elles discutent dix minutes avant de donner un coup de ciseau. Quand elles en ont donné deux ou trois, elles causent un peu ou regardent des modèles dans une revue. Elles n'auront pas terminé à minuit et Thérèse couchera ici.

J'ai ouvert la radio pour ne pas les entendre et je lis le journal sans m'y intéresser. Je pourrais toucher mon ennui.

Lorsque je suis rentré de mes visites, Madeleine aidait Thérèse à préparer le dîner. Je n'avais pas le goût de l'interroger et, d'ailleurs, elle s'affaire depuis ce moment pour éviter d'être seule avec moi. Je me demande quelle serait notre vie si Thérèse n'était pas là pour empêcher nos tête-à-tête. Je suis laissé pour compte, mais j'attends patiemment. J'ai l'éternité devant moi. Si calme que je m'ennuie, que je me fais bâiller. La musique glisse sur moi sans me pénétrer. Le caquet des deux femmes n'est plus qu'une rumeur lorsqu'il me parvient, un ronronnement dans l'aigu qui n'entame pas ma paix. Un intérieur douillet, clos sur lui-même où rien ne peut arriver. La maison de tout le monde où se chauffe un gros bonheur sans surprise. Il ne faut pas sonder les murs à la recherche du drame. Ils sont vides. Une demeure pour couples sages. L'amour pour eux n'a pas le masque douloureux, mais tranquille, quotidien, nourri d'un peu d'ennui, d'aveuglement et du lendemain qui, peut-être, sera enfin différent.

Nous nous sommes heurtés tantôt, Madeleine et moi, à la porte de la salle de bains. Nous avons été très polis, reculant tous les deux les yeux baissés. J'ai cédé plus de terrain qu'elle, sans doute parce que je suis le plus âgé. Notre unique contact de la soirée. Qu'est-ce que Thérèse doit penser d'époux si peu turbulents ? La coquine ne se satisfait pas des apparences. Elle nous prête certainement un problème conjugal, comme Jim, mais sans noirceur d'âme.

Tiens ! Elles ont réussi à percer mon mur. Madeleine me parle.

— Prends-tu ton bain ?

Voilà, il manquait un bain à ma quiétude. Ça détend. Rien de meilleur pour les nerfs. Napoléon en prenait un tous les jours, même sur le champ de bataille. Hé bien! oui, je veux bien aller m'ennuyer dans la baignoire. Et puis, c'est demain dimanche. À Macklin on se lave le samedi soir. Est-ce que ma femme s'acclimaterait?

Mais lorsque je quitte la salle de bains il n'y a plus personne dans la cuisine, ni dans le salon. Madeleine est couchée et dort, du moins veut-elle que je le comprenne ainsi. J'ai bu le temps au compte-goutte pour rien, pour voir que ma femme simule très bien le sommeil, pour comprendre que je suis toujours attaché à mon pieu et qu'un nouveau cercle commence. Cela finit par faire une vie.

# DEUXIÈME PARTIE

# 1

Mes mains se sont crispées sur le volant dans une brusque saccade, comme si on m'avait pincé les nerfs du poignet, ça doit s'appeler « étreindre sa douleur ». Mais la peine ne m'embrouille pas la vue. Ma vision est très nette. Il y a seulement les mains qui se révoltent. Si j'étais debout, les jambes céderaient aussi peut-être. La preuve en est que j'ai lâché l'accélérateur et que la voiture s'immobilise lentement. Je ne gênerai personne dans cette petite rue déserte. J'ai le loisir de faire des exercices de respiration et d'attendre que ça passe. Mais la boule dans l'estomac ne se dénoue pas, elle se resserre sur elle-même. Rien à craindre, elle ne perforera rien. Il en émane de grandes ondes chaudes qui me remuent les entrailles, comme lorsqu'on pense à la mort, la nôtre.

Puis c'est un vide profond qui se creuse, qui appelle l'eau, les larmes. Ma vue s'obscurcit enfin. L'eau affleure, tremble un peu, mais ne coule pas. Désemparé comme l'enfant à qui un chien vient de voler son gâteau. On m'a triché, je le savais. Mais c'est quand on doit payer qu'on voit l'énormité de la tricherie. La chair attendait le coup, le sang bouillonnait à la surface pour être partout à la fois et parer, mais le coup est venu, à l'improviste, comme si on n'y avait jamais cru au fond. On m'a coupé un membre pour le greffer sur un autre corps. C'est monstrueux, injuste, irrémédiable. Je ne récupérerai jamais ce membre-là. La riposte n'est pas possible.

Je voudrais pouvoir pleurer. Noir devant, noir derrière, noir partout. Dans des ténèbres si lourdes il n'y a qu'à gémir et à se tordre jusqu'à ce qu'on relève la trappe et que les images de la vie défilent de nouveau sans menace. Le plus décevant c'est que la colère et la rage n'ont plus de prise sur moi, comme si, trop las, j'avais jeté bas mes armes et que j'attendais qu'on m'égorgeât.

Un dernier spasme se déclenche. Je colle la pédale au tapis. La voiture se cabre et bondit en avant. Le sang afflue tout à coup, j'ai repris une arme et ne suis plus impotent. Je tourne sur deux roues, en patinant de côté. J'emplis la rue d'un bruit sinistre qui me donne l'illusion d'une extraordinaire puissance. Je corne sans arrêt depuis que j'ai démarré. Après mon virage enthousiasmant j'appuie sur le frein sans cesser de corner. Je réussis à leur couper la voie et à passer devant eux très lentement. Oh! les yeux de Madeleine! J'y revois la panique dont j'émerge. Elle aussi est amputée tout à coup. Cinq secondes. Suffisant pour que nos deux âmes se prennent aux crocs. Je peux continuer. Je l'habiterai bien tout le jour comme elle m'habitera. Nous nous sommes pénétrés enfin. Plus d'opacité. Je ne la tiens plus à bout de bras. Âme contre âme, liés par la glu de la haine, autrement plus tenace que celle de l'amour. Comme des chiens qui ne peuvent plus desserrer les dents. Nous sommes assurés de nous tenir compagnie. Lui, je ne l'ai pas vu. Il n'était que l'ombre qui donnait du relief à Madeleine, l'*appelant* qui nous a permis de nous rejoindre. La bouffée de puissance persiste. Je me donne une nouvelle injection de vitesse. Le temps s'est tellement adouci que le milieu de la rue est recouvert d'eau. Les pneus mordent bien cependant. La poussière d'amiante n'a pas encore étendu son enduit. À la croisée de la rue Green, force m'est de stopper. Je débraye et fais tourner le moteur très vite. Les passants me regardent. Certains sourient avec indulgence. Si je laissais la pédale d'embrayage, ils mourraient en souriant.

Un beau dimanche pour la promenade. Un soleil chaud. Les vitrines regorgent de petites choses qui entretiennent la fidélité, comme des bracelets. Tous les dimanches, les habitants de Macklin déjeunent aussi bien que leur curé ou leur médecin. Ensuite, ils digèrent. Ça a un drôle d'air une ville qui digère. Avec une oreille un peu plus exercée on entendrait roter un peu partout. Les vieilles dames se croient cardiaques parce qu'elles ont trop mangé et qu'elles ont des gaz d'estomac. On se promène lentement rue Green, le visage compassé, poussant les enfants devant en leur recommandant sans cesse de ne pas se crotter. Puis on rentre chez soi, on brosse le « coton » tombé sur les vêtements au cours de la promenade et on attend le dîner où on mangera les restes du déjeuner. Il y a des couples qui ne se plongent pas si profondément dans la réalité et fuient la grande rue pour les chemins écartés, à la recherche d'un rêve jusqu'à ce que la justice immanente – une autre sorte de réalité à laquelle il faut croire – s'en occupe. Tout cela fait un dimanche, une paix alourdissante. Moi, je suis hors du jeu, je regarde derrière une paroi de verre que je ne réussirai pas à briser. J'observe comme Jim, mais je n'ai pas son équanimité. C'est ma faiblesse.

Je m'engage enfin dans la rue Green où je roule au centre, cornant sans répit pour avoir la voie libre. J'arrive ainsi devant chez Kouri où je dois donner un fort coup de volant pour éviter la voiture du docteur Lafleur qui a viré pour entrer dans son chemin de garage. Le vieux médecin aura des palpitations. Je laisse la voiture dans la rue afin de rentrer chez moi avant que mon confrère puisse me parler. Je ne suis pas d'humeur à supporter la mansuétude.

Je trouve Thérèse dans la cuisine qui rêvasse en mangeant un biscuit devant un verre de lait.

— Rentrez chez vous.

Elle ouvre de grands yeux. Mon aspect l'intimide un peu.

— Le dîner?

Elle ne me résistera pas. Elle a tout compris, très vite. J'ai vu fonctionner le petit mécanisme dans ses yeux. Thérèse c'est notre Asmodée. Elle n'a pas eu à enlever le toit de la maison. Nous lui avons laissé une place de choix dans notre foyer, entre Madeleine et moi.

— Rentrez chez vous !

J'ai gueulé parce que cela m'apaise. Ne crains rien, Thérèse, je n'en viendrai pas aux coups. Elle prend l'air de l'enfant qui a lancé une pierre et qui s'aperçoit après coup qu'une pierre peut blesser même un homme comme son père. Les yeux agrandis qui ont peur et qui demandent un peu pardon. Mais elle n'y est pour rien la grosse fille. Je ne vais quand même pas la rassurer, lui dire que je l'aime bien en dépit de…

Je vais m'asseoir dans le salon, me laissant vibrer en attendant qu'elle s'en aille. Debout devant l'évier, elle me tourne le dos et achève en hâte de boire son lait. Puis elle va dans sa chambre, en ressort avec son chapeau et son manteau. Elle me dit bonsoir d'une voix chevrotante. Ça y est. Elle aussi aura un dimanche triste.

Après son départ, je tourne en rond d'une pièce à l'autre. Je pourrais prendre l'auto, tout plaquer là et retourner chez ma mère. Il n'y a que les femmes qui retournent chez leur mère, paraît-il, et en reviennent aussi. Au fond, cela arrive à tout le monde, depuis toujours et cela n'empêche pas de faire des enfants, de continuer. Voilà comment on se fait une raison. L'exigence excessive tue le bonheur. La preuve… Aucune prestidigitation ne me tirera de là, ne me rendra plus sobre. C'est vrai que la vie continue, qu'il n'y a que Madeleine et moi, et peut-être l'autre, à rompre la quiétude de ce dimanche. Mais ma peau ne supporte que l'égoïsme. Quant à moi, je suis seul au monde.

Qu'est-ce que je fais ici, seul dans la maison? J'attends. Peut-être reviendra-t-elle, nous nous parlerons. Le langage a encore des possibilités. Nous expliquer. Quand on met des mots sur les choses, elles s'édulcorent un peu, elles deviennent plus familières et, peut-être, s'abolissent à la fin. On peut se laisser prendre aux mots, accepter leur écran. Que Madeleine me dise qu'il ne s'est rien passé que ce que j'ai vu : une promenade dominicale, comment réagirais-je? À la chaleur qui m'envahit je vois bien que je suis encore vulnérable, que j'ai la rage de croire à un bonheur intact, un bonheur qu'il faudra bien définir un jour.

Et si elle ne revenait pas? Madeleine a le goût de l'imprudence. Sans hésiter, elle peut jouer son va-tout. Elle a encore de longues années devant elle pour prendre soin de sa sécurité. Le pain de ménage ne saurait à lui seul la retenir. Si elle ne revenait pas? Ma chair se creuse dans le refus. Je cherche l'air. Je ne suis pas prêt à envisager cela. Comme si tout le reste de la maison sombrait dans l'abîme, comme si je restais seul dans mon fauteuil gris, les pieds dans le vide, pris de vertige. Je ne défends pas un jouet, ni une possession, je défends une part de moi qui est en elle, dont je ne peux me laisser amputer parce que c'est la part la meilleure, la plus vivante, celle qui fait que je suis Alain Dubois. En me quittant Madeleine emporterait mon identité.

Comme une tache d'huile, s'infiltrant au travers de tous les obstacles, la veulerie remonte des entrailles. Tout s'efface à la longue, tout s'atténue, se dilue dans la grisaille. Madeleine s'estompera. Je ne me rappellerai plus son visage, ni notre bonheur, ni ce qu'elle a pu signifier pour moi, ni même qu'elle m'ait fait mal. Le vieillard ne peut physiquement se souvenir de l'instant où il a possédé une femme pour la première fois. La vie charrie tellement de choses dans son cours que tout coule à la fin et se défait. Que Madeleine fût morte, je ne souffrirais pas davantage, et j'accepterais.

Je me laisse gagner par la nausée de cette sagesse sénile, puis j'ai envie de hurler. Même un chien ne se laisse pas déposséder ainsi. Oh! vite, que je devienne niais, qu'on m'extirpe du crâne cette petite lampe qui n'éclaire rien! Bête, j'aurais l'aveugle courage des bêtes et j'aurais besoin d'une évidence plus grande pour m'inquiéter.

Je m'approche de la fenêtre et je tambourine sur la vitre. Le bruit m'agace. Dans l'appartement c'est déjà la pénombre; dehors, un voile d'un gris léger qui accentue le blanc de la neige. Le soleil se couche déjà sur la ville, mais, en face, au sommet des collines, un miroir glacé le réverbère encore. La rue s'est vidée des promeneurs. Quelques voitures passent, rapides, silencieuses comme gênées de se trouver encore là à cette heure-ci.

Que faire pour remplir ce temps mort où je suis trop seul pour m'abandonner à mon mal? Manger. J'ai la nausée. Il y a une bouteille de whisky dans le buffet, presque intacte. Je n'aime pas boire. C'est peut-être que je n'ai jamais été en état de grâce. La bouteille luit d'un éclat jaune sombre dans le demi-jour, celle d'un vieux cuir de qualité. Elle est pacifiante comme le feu dans la cheminée, le cigare blond, une pelisse de fourrure. Elle promet la douce tranquillité de l'homme d'âge moyen qui a déjà des rentes. Buvez et vous serez cossus, rassérénés. Le goût fade qui devient âcre, la chaleur nouvelle, vivifiante dans les veines. Je me laisse glisser sur la pente de l'abandon. Je sens et je goûte le calme de l'heure, de la maison. Je ne m'engourdis pas, je traîne derrière la vie, très lent, lourd et content de l'être. Je mets toute mon attention à écouter le calme, à m'entendre vivre. Je puise quatre ou cinq fois à la bouteille, puis je m'endors, je me sens cesser d'exister, me glacer peu à peu.

*   *   *

Je m'éveille la bouche amère, alourdi, avec la sensation d'un mal diffus. Ma main heurte la bouteille de whisky. Devant moi, je vois un rai de lumière qui s'allonge jusqu'au centre de la pièce, depuis la porte de notre chambre. Madeleine. Mon mal. Le visage qu'elle a eu lorsqu'elle m'a vu effondré dans ce fauteuil, la bouteille à côté de moi et le verre renversé quelque part sur le tapis. Je ne peux l'imaginer encore, mon cerveau démarre par saccades. Il se remet à vivre par fragments. Je reste immobile quelque temps. Puis j'entends renifler dans la chambre de Madeleine. Je m'en approche sans bruit. J'ai le temps de voir son petit visage rayé de grandes traînées noires. La poudre de ses yeux que les larmes ont poussée grain à grain. Un instant très bref, puis elle s'est détournée et a éteint la lampe. Pantois, je m'arrête au pied de son lit, debout et silencieux. Elle retient sa respiration nerveuse jusqu'à ce qu'elle devienne régulière et large. J'attends dans le noir, j'attends qu'elle me parle. Le silence persiste, stupide et ridicule. Je m'assois sur son lit, sans la toucher, et je tourne dans ma tête des mots que je repousse, des mots piteux qui ne seraient que des sons sans signification.

— Qu'est-ce que tu as fait, Madeleine ?

Ma voix a une douceur qui me surprend. Elle me choque, les mots aussi. Mais à côté de moi, dans les ténèbres, la voix et les mots résonnent dans un corps. Madeleine éclate d'un sanglot convulsif qui m'outrage, que je trouve hors de propos, une arme lâche. J'écoute mourir ce sanglot et les reniflements qui le suivent. Le silence de nouveau. Elle pleure encore en pinçant le nez et les lèvres sans doute. Je le vois parce que son corps remue faiblement. Elle va me parler à la fin. C'est à son tour de le faire, de me répondre. Rien.

— Écoute, Madeleine…

Elle s'abandonne de nouveau et, cette fois, en frappant son oreiller de ses poings fermés. C'est un langage que je n'avais pas prévu, qu'il me faut comprendre. Veut-il signifier qu'il n'y a rien à dire, qu'elle souffre de ne rien pouvoir pour moi, qu'elle n'a pas désiré ce qui arrive, qu'elle est victime elle aussi ? Ou qu'elle ne comprend pas, qu'elle se débat dans une situation insoutenable, où elle a glissé et d'où elle ne peut s'échapper ? C'est étrange comme sa souffrance m'est proche dans le noir. Je l'ai repoussée d'abord comme inconvenante, mais maintenant elle m'atteint et je me laisse pénétrer. Je subis de nouveau l'impression que m'a fait son visage désemparé dans la rue alors qu'elle ne savait pas que je la voyais. Je la sens tournoyer, prise de panique, et je sais qu'il me faut lui tendre le bras, que cela fait partie de l'engagement que j'ai contracté envers elle, même si… même si elle a repris ce qu'elle m'avait confié en dépôt. Je tremble à cette idée et m'efforce de ne pas l'écouter sangloter. Grands dieux ! Pourquoi faut-il qu'un homme et une femme louvoient ainsi l'un en face de l'autre ? Pourquoi se rendre ainsi inaccessible ?

Je me penche sur elle et sa chaleur me frappe au visage. Ses cheveux sentent encore l'air frais. Elle sait que je me suis rapproché d'elle ; elle s'éloigne un peu.

— Il faudrait que tu m'expliques, Madeleine…

Elle allonge sa respiration et je la sens qui s'enferme sur une détermination, qui se fait rétive. Ce que ma colère n'eût peut-être pas réussi, ma douceur, due au whisky peut-être, le provoque sans mal. Madeleine se défend contre moi. Si la lampe était allumée, je verrais peut-être maintenant ses yeux fiers qui me défieraient. Je l'ai dénouée pour lui permettre de me combattre.

— J'attends, Madeleine.

— Tu as bu. Laisse-moi.

L'orgueilleux sifflement vite reparu. Et elle trouve le sang-froid de m'humilier, de me donner le mauvais rôle encore.

— Ah ! non. Tu vas m'expliquer !

— Je n'ai rien à te dire. Couche-toi.

Je ne me heurterai pas toujours à ce bloc sans le vaincre. Je ne suis pas prêt du tout à reculer devant cette attitude. Je l'ai épargnée et elle n'hésite pas à se relever pour me combattre quand j'ai jeté mes armes.

— Il y a longtemps que tu le vois ce Richard Hétu ?

Elle me tourne le dos et s'installe comme pour dormir. Je vocifère :

— Tu vas me répondre. Entends-tu, Madeleine, tu vas parler. Je ne me couche pas tant que tu ne m'auras pas avoué, tout !

Elle continue à faire le hérisson. Moi, je n'ai plus ni sagesse, ni compassion ni envie de comprendre ; je n'ai que le désir forcené de la vaincre, de l'humilier, de la briser. Je la prends aux poignets et la retourne sur le dos.

— Tu ne t'en tireras pas ainsi, Madeleine. J'ai le droit de savoir, j'ai le droit tu entends!

Elle me résiste, griffe, mord. Nous l'avons notre beau combat. Elle est déchaînée, moi aussi. Nous nous roulons sur le lit. Je n'ai aucune honte de la vaincre et de la tenir sous moi, tordue par la colère et l'humiliation. C'est son horrible fierté que je broie. De son orgueil qui m'a trop fait souffrir, devant lequel je me suis senti trop souvent démuni, je me venge, avec délectation, sans pudeur. Elle me refuse, mais elle a perdu et elle le sait. Les sanglots reprennent, rageurs, impuissants. J'ai le visage mouillé de larmes et un goût de sel dans la bouche. Lorsque je la laisse, elle me gifle, plus malheureuse encore de ne pas réussir à me faire mal. Puis elle se lève et se réfugie quelque part dans la maison.

L'enseigne de Kouri s'éclaire et s'éteint dans la fenêtre, projetant une lueur sanglante dans la chambre toutes les trois secondes. Je suis abattu par ce que je viens de faire. Une main moite me serre à la gorge. Je vais vomir, vomir de honte. L'air que je respire est imprégné de cette honte. Courbé sur le lit, je fixe en vain la nuit. Elle ne me soulage pas. S'il y avait de la lumière je crois que je pourrais voir remuer mes nerfs sous la peau. Ah! comme j'aimais mieux ma colère! J'y étais propre et j'avais l'innocence pour moi. C'est une arme terrible l'innocence. Je l'ai passée à Madeleine qui saura s'en servir mieux que moi.

Je me décompose dans cette atmosphère. Si je

reste ici on me retrouvera couvert de moisissure demain matin. Il faut que je sorte, que j'aille ailleurs, n'importe où.

Je me retrouve dehors sans avoir vu Madeleine qui se terre quelque part, au plus sombre de l'appartement sans doute. Attendait-elle que je quitte la maison ?

J'abaisse toutes les vitres de la voiture et je roule fouetté par l'air glacial qui ne me nettoie pas. Je dépasse le collège des frères, le lac. Je m'arrête à Brownsville, petit village minier qui a aussi son monticule de sable et ses maisons à demi effondrées. L'atmosphère trop calme du village m'en chasse. Je reviens vers Macklin, sans parvenir à mettre fin à mon exacerbation qui s'accroît plutôt dans l'air froid parce que je me dégrise, parce que j'y vois mieux mon impuissance et tout ce qui me creuse les épaules, tout ce qui n'existait pas hier encore et qui s'est enflé démesurément aujourd'hui des gestes de Madeleine et des miens, tout ce qui a germé en si peu de temps sur un échec que je n'ai jamais touché du doigt avant ce soir.

L'enseigne de l'hôtel tremblote dans la nuit. On peut y boire jusqu'à minuit le dimanche. Je dispose d'une heure encore. Tout plutôt que de rentrer à la maison, de me retrouver yeux baissés devant Madeleine.

La salle, pourtant vaste, est entièrement occupée par les buveurs, ouvriers et mineurs. Il y a une femme pour dix hommes. J'hésite avant de pénétrer dans la salle. Je n'y ai jamais été vu auparavant et, d'autre part, si je connais relativement bien les mineurs pour les avoir rencontrés séparément chez eux au chevet d'un malade, de les voir en si grand nombre dans la même pièce me les fait apparaître étrangers et hostiles. Ils m'effraient avec leurs visages terreux, durcis par l'effort quotidien, leur regard sans pitié. Je m'assois près de la porte à une table qui est inoccupée parce que, sans doute, elle reçoit l'air du dehors chaque fois qu'on ouvre la porte. Mes voisins interrompent leur conversation et me regardent droit dans les yeux, sans amusement, avec gravité. Comme si je me noyais et qu'ils se demandaient si je remonterais encore une fois à la surface. Ils me regardent, mais n'osent parler de moi entre eux. Les hommes d'ici m'ont toujours frappé d'ailleurs par la pudeur qu'ils montrent dans leur langage. Ils sont indiscrets du regard, jamais en paroles.

Un garçon se présente. Le même regard que celui de mes voisins. Je demande un whisky double. Quelques têtes se détournent aux autres tables. La nouvelle de ma présence fait le tour de la salle ; je peux la suivre au mouvement des têtes.

Je jurerais que jamais un médecin de Macklin n'a bu d'alcool dans cet établissement. Regardez-moi sans répit, vous me sauvez de moi-même. Je réussis enfin à ne plus penser à ma peau.

Je suis un hôte un peu spécial. C'est le patron même de l'hôtel, que je connais vaguement, qui m'apporte mon verre. Il repousse de la main l'argent que je lui tends.

— Vous pensez, docteur, la maison vous l'offre.

Il dit « la maison » du ton dont une religieuse vous entretient de son couvent. Il attend, debout devant moi, très grand, maigre, noir et des yeux bleus qui fascinent sur ce teint sombre. Je l'invite à s'asseoir.

— Alors, docteur, la profession ?

— Satisfaisant.

Deux commerçants qui devisent de leurs affaires tranquillement le dimanche soir. Il doit se demander si la médecine paie autant que l'hôtellerie. Je n'ajoute rien. Il se tait lui aussi, nullement contrarié par mon silence. Ils sont tous comme cela ici. Ils acceptent votre silence comme ils s'attendent à ce que le leur ne vous gêne pas.

Je n'ai pas l'habitude de l'alcool. Je vide mon verre rapidement et j'obtiens l'excitation tout de suite. Le patron appelle discrètement un garçon et fait remplir en refusant encore une fois mon argent.

— Qu'est-ce que vous penseriez de moi si je ne pouvais vous recevoir !

Toujours son ton de religieuse. En somme, je l'honore en buvant son whisky.

— Le docteur Lafleur se fait vieux. Vous l'aidez beaucoup. Un bien brave homme le docteur Lafleur…

La dernière phrase est dite sur un ton qui laisse croire qu'elle est inachevée. Une formule de politesse, sans plus d'importance que bonjour ou bonsoir. Au fond, il suppute mon revenu en pensant au nombre de clients que mon vieux confrère m'a abandonné.

— Il a longtemps eu la plus importante clientèle de la ville. Pensez au nombre d'enfants qu'il a mis au monde en quarante ans!

J'ai envie de lui répondre que je ne suis pas dans le marathon, qu'il n'a pas besoin de calculer ainsi la fortune que j'aurai, que Macklin ne m'intéresse plus. Il me croirait un peu fou. J'ai terminé mon deuxième verre. Il s'en aperçoit discrètement et se lève en me disant :

— Il est tard, je ne vous retarderai pas. Je sais que les nuits d'un médecin ne sont pas longues.

— Je ne rentre pas. J'ai soif.

Son étrange regard bleu s'assombrit. Je deviens une énigme. Qu'est-ce que ce médecin qui boit dans un hôtel et qui boit trop? Il se rassoit en me regardant avec attention. Il est honnête. Il prend son temps pour me juger incompétent et ivrogne. Pour faciliter l'opération il me fait venir une autre consommation. Je ne sais comment le garçon a pu comprendre qu'il fallait emplir le verre d'eau. Si le patron a fait un signe je ne l'ai pas vu et, pourtant, je ne l'ai pas quitté des yeux.

— Vous avez peut-être eu une petite fête chez vous aujourd'hui?

Il sourit avec bonté pour m'encourager à répondre dans l'affirmative, pour que je sauve ma réputation à ses propres yeux. Nous sommes tirés d'embarras tous les deux par Kouri qui arrive de je ne sais où, Kouri que je ne tiens pas du tout à voir. Le dernier homme avec qui je voudrais m'entretenir ce soir. Il fait quelque effort pour paraître naturel, mais il ne réussit pas à dissimuler sa stupéfaction de me voir là. L'hôtelier, pour sa part, est aussi étonné de voir Kouri. Il a des visions ce soir. Kouri et moi, nous sommes des hôtes extraordinaires. Est-ce que les notables de la ville se mettraient à fréquenter son établissement? Il soupèse cela un temps et doit conclure que nous nous sommes donné rendez-vous, car il nous laisse en nous saluant d'un geste bref de la main. Kouri s'assied et regarde la salle en silence, attendant que je parle le premier. Je lui demande ce qu'il fait à l'hôtel à cette heure-ci. Il me répond qu'il est venu conduire quelqu'un, un parent, et qu'en jetant un coup d'œil dans la salle en sortant il m'a vu. L'interrogation muette de ses yeux. Tu ne sauras rien, Kouri. L'alcool m'échauffe le sang.

— Ça dure depuis combien de temps cette histoire-là, Kouri?

Il est ahuri et se donne du temps.

— Quelle histoire?

— Madeleine et le jeune Hétu. Ne fais pas le sourd, Kouri.

Un verre de plus et je vais vomir. Je me retiens de toutes mes forces à la lucidité en torturant Kouri.

— Je ne sais pas. Je… je ne suis pas au courant.

— Pas au courant! Canaille!

Les yeux du Syrien se durcissent un peu sous le mot, mais sa crainte naturelle reprend vite le dessus.

— L'avertissement stupide que tu m'as donné il y a trois jours?

— C'est seulement parce que les gens parlaient. Ils la voyaient trop souvent seule chez moi.

La bonne, l'admirable colère me restitue la vie.

— Ne fais pas l'idiot, Kouri. Je veux savoir. Je veux savoir ! Parle, ou…

Je serre les poings. Il voit que je suis ivre, qu'il peut s'attendre à tout.

— Elle le voit depuis deux semaines environ.

— Chez toi ?

— Chez moi et ailleurs.

— Où ?

— Je ne sais pas. Dans la rue… chez lui aussi peut-être.

— Il habite seul ?

— Avec sa mère. Mais elle n'est pas toujours là.

— Tu crois qu'ils…

Kouri est maintenant douloureux. Il voit que je ne veux tirer de lui qu'un supplément de souffrance. Mais je m'acharne.

— Tu crois qu'ils me trompent tous les deux ?

— Je ne peux pas savoir cela.

— Tu les as vus ensemble dans ton restaurant. Comment se conduisaient-ils ?

Kouri fuit mon regard et ne répond pas.

— Est-ce qu'ils s'embrassaient ?

— Non. Pourquoi me demandez-vous cela ?

— Est-ce qu'ils s'embrassaient ?

— Ils ne pouvaient quand même pas le faire dans le restaurant.

— Est-ce qu'elle lui prenait les mains?

— Vous ne devriez pas…

— Qu'est-ce qui l'a séduite chez ce garçon. La beauté, tu crois?

— Je ne sais pas. Je ne sais rien. Je vous ai tout dit.

Il se redresse et me regarde dans les yeux avec sa bonté un peu honteuse.

— Vous vous conduisez comme un enfant. Vous seriez capable de lui poser les mêmes questions, à lui. Ne parlez plus ainsi à personne. N'interrogez plus, on se moquerait de vous.

La voix chantonnante m'enveloppe comme un pansement, elle m'attiédit.

— Se conduire en homme, ce serait quoi, Kouri?

Il cherche un temps et ne répond pas. C'est un fataliste au fond. Il n'aime pas examiner des solutions. Je suis d'ailleurs indifférent à ce qu'il pourrait répondre. Ma faible poussée de colère s'est diluée sous la voix du Syrien. Il ne me reste que de la lourdeur et le désir de dormir. Je me lève sans dire un mot à Kouri et je quitte l'hôtel en titubant un peu.

Kouri me suit discrètement, attentif à ne me point troubler, mais veillant sur moi; bonne âme qui veut pousser à la roue et préférerait qu'on ne vît pas son geste. La nuit glacée n'apaise pas mon ivresse.

Dans le rétroviseur les deux phares de la voiture de Kouri, qui me suit, me donnent le vertige. Le déroulement de la route aussi, mais je ne donne pas de coups de volant. Kouri, mon frère nocturne, doit être rassuré. Nous arrivons à la file, très doucement, devant son restaurant, comme pour un cambriolage. L'ombre du Syrien se profile devant sa voiture jusqu'à ce que j'aie refermé ma porte. Il me reste assez d'énergie pour surmonter l'ultime obstacle : l'escalier. Je jette mon pardessus au milieu du salon et je me laisse tomber sur le divan rose, les yeux brûlants de sommeil. Rien ne subsiste de la journée qu'un goût de fiel dans la bouche et l'impression très vague de n'avoir pas été heureux. Il suffit peut-être d'un peu d'alcool, un poison moins nocif encore que la violence ou l'émotion.

*     *     *

Un bruit que je ressens dans les dents, le son grêle et douloureux de la foreuse du dentiste. Je contracte la mâchoire pour me soustraire. Le son augmente d'intensité et résonne maintenant dans mon crâne. Il me creuse la paroi cervicale et c'est comme si mes os se disjoignaient et qu'on laissait des pinces entre eux pour les maintenir séparés et que le son pénétrait en sifflant dans les interstices. Chaque bulle d'air qui éclate résonne douloureusement. Le supplice m'éveille à demi, mais je m'agrippe à l'inconscience où j'ai moins mal. Le son s'enfle encore et m'éveille complètement. J'élève la tête pour la laisser retomber aussitôt. J'ai déplacé mes os qui sont venus s'entrechoquer douloureusement contre le front. Le téléphone sonne sans répit, à dix pas du divan où je suis couché tout habillé. Personne n'y répondra à ma place. Je me mets sur mon séant et j'attends que l'ébullition se calme dans ma tête. Elle ne cède que pour laisser un martèlement qui suit les pulsations de mon sang. Évitant de remuer la tête, je décroche enfin. Ma voix, qui a dix ans de plus, fait des ronds dans le silence, mais je sais qu'elle ne porte pas, qu'elle étouffe dans le noir devant la porte de notre chambre. L'enseigne de Kouri éteinte, il n'y a plus que la luminosité de la neige qui met un peu de lait sur l'appui de la fenêtre, sans pénétrer dans la pièce. Au bout du fil, une voix prodigieusement vivante, toute mouillée d'émotion ; une voix subtile capable de jouer sur plusieurs tons, passant de la crainte à la prière, de la prière à la sécheresse. Elle se fait vive, pressante, chevrotante, puis paisible, étale. Je remue mon eau noire pour trouver les questions à poser. J'en pêche quelques-unes péniblement.

— Le travail dure depuis longtemps ?

— Douze heures.

Une famille de la campagne. On a le temps d'y compter les heures en hiver. En ville on en mettrait plus pour me faire lever. À la campagne, le chiffre est exact parce qu'ils attendent toujours à la dernière minute. L'accouchement ne leur tire pas d'émotion. Un phénomène naturel. Et ils en voient de ces phénomènes-là dans la même année.

— Un premier enfant ?

— Oui.

— Alors, ne vous inquiétez pas. Cela peut durer quelques heures encore.

— Les eaux sont crevées. Les douleurs viennent toutes les cinq minutes depuis deux heures.

Observations froides. À la fois une remontrance et une atteinte à ma dignité de médecin. Elle veut signifier qu'on ne m'a pas appelé inutilement et qu'on connaît aussi bien que moi les étapes de la gésine.

— Elle perd du sang.

La bonne femme a gardé pour la fin ce mot rouge qui éclaire tout d'un jour différent. Elle eût préféré que je répète que ce n'était pas grave avant de me l'asséner. Mais j'ai les réflexes lents et parler me demande un considérable effort. Je demande où elle demeure et je promets de m'y rendre. C'est à trois milles de la ville, derrière l'hôpital où ils ne consentiraient à conduire la parturiente qu'à demi morte. Pour eux, l'hôpital, avec son équipement moderne, les blouses et les masques blancs, est le vestibule du cimetière. Ils craignent plus les instruments et les tampons stérilisés que les linges à peine trempés dans l'eau bouillie dont il faut nous servir chez eux pour étancher le sang.

J'allume une lampe. Mille aiguilles me percent les yeux et je m'assois, pris d'étourdissement. Je ne pourrai jamais travailler décemment dans cet état. Je consulte ma montre. Il est près de deux heures. Les deux mains sur le front, j'attends, j'attends qu'un miracle se produise et que les tenailles relâchent leur étreinte. Je cherche le remède. Mon cerveau travaille à tâtons. Mais il est devant moi, sur le tapis, le remède. Il brille d'un éclat discret sous la lampe. Madeleine a laissé la bouteille de whisky là où je l'avais abandonnée. J'en bois un peu. La brûlure me fait tousser. Mes muqueuses se rebellent, l'estomac se contracte. Je bois les yeux fermés, comme un enfant son huile de ricin. Peu à peu mes veines se dilatent, le sang coule plus librement et les crocs de la tenaille se relâchent. J'emporte la bouteille dans la voiture.

Le centre de la route est très glissant, mais, vers son accotement, la neige forme une corrugation où les pneus mordent bien. De me promener seul ainsi la nuit dans un paysage enneigé me donne toujours une étrange impression, celle de traverser un pays mort, dévasté par quelque cataclysme extraordinaire. La lueur bleue de la neige reste comme une menace, une irradiation mortelle. Mais ce soir je ne m'efforce qu'à huiler le mécanisme de mon cerveau, à me défaire des bandelettes où l'ivresse m'a enroulé. Je conduis très vite pour profiter du stimulant de l'alcool. Je tourne devant l'hôpital dont les quelques fenêtres illuminées projettent la seule lueur humaine dans le paysage et je m'engage dans un chemin de traverse que la neige a creusé en cuvette. Je dois y rouler en position oblique, les roues de droite appuyées sur l'énorme banc de neige qui borde la route des deux côtés, et celles de gauche, au fond de la cuvette. Je m'arrête devant une croix de bois blanchie à la chaux qu'ils m'ont donnée comme point de repère. C'est la troisième maison à droite. Un renflement du terrain la dissimule. Je bois, très peu, juste assez pour me maintenir alerte, et je repars. Au haut de la pente, j'aperçois la petite maison éclairée par la lumière de deux fenêtres étroites. Je m'engage à reculons dans le sentier enneigé qui y conduit et je laisse la voiture à quelques pas du chemin pour continuer à pied. Si je m'enlisais, ils ne sortiraient certainement pas les chevaux de l'écurie à cette heure-ci de la nuit pour me dépanner. On a dû me voir depuis le haut de la pente. Un rideau retombe comme j'arrive devant la porte qui s'ouvre aussitôt.

La pièce où je pénètre sert à la fois de cuisine et de salle commune. Elle est encombrée de chaises, de tables, d'une cuisinière, d'un énorme réfrigérateur. Deux femmes et un homme s'y trouvent. La mère et une sœur, je crois. Le mari, très maigre, noueux, les yeux sanglants de n'avoir pas dormi, s'est levé lentement à mon entrée et demeure debout au fond de la salle, l'air un peu excédé. C'est la mère qui m'a ouvert la porte. C'est elle aussi qui m'a téléphoné. Un événement qui lui permet de tout prendre en main, de bousculer son gendre. Elle reprend sa fille pour une nuit. Quant à la sœur, qui est très jeune, elle se tient un peu à l'écart elle aussi. Cela se passera entre la mère et moi. Elle a dû accoucher une dizaine de fois elle-même et assister des voisines ou d'autres filles. Forte de toute cette expérience, elle surveillera de près chacun de mes gestes sans mot dire. Elle parlera lorsque je serai parti et son opinion aura la valeur d'un décret.

Je vois qu'on a mis de l'eau à bouillir sur la cuisinière. J'enlève mon pardessus et cherche où le déposer. Personne ne m'indique un endroit. Je le laisse sur une chaise, puis j'enfile mes gants de caoutchouc. J'ai la peau des mains si moite que le caoutchouc m'irrite tout de suite. Pas un mot n'a encore été dit. Et je m'aperçois soudain qu'ils savent tous que je suis gris. Je dois empester le whisky à dix pas à la ronde. Ils me regardent faire d'un œil calme qui ne juge pas, constate seulement. Ils ne se demandent même pas si je suis en état de pratiquer mon art. Ils attendent. Si tout se passe bien, ils admireront qu'en dépit de mon ivresse je m'en sois tiré. Sinon… Tout le canton le saura.

— Montrez-moi la chambre.

D'un doigt rigide, la mère m'indique une porte. Je m'y rends et l'ouvre. Les deux femmes me suivent en silence. Étroite et longue, la pièce sent le sang chaud et la transpiration. Une faible lampe éclaire le visage blanc de la femme en couches qui se contracte à mon entrée, très peu de temps, et retombe inerte sur le lit. Ses yeux accusent la désespérance d'une longue souffrance sans fruit. Sa pâleur extrême m'inquiète. Le pouls est très lent. Le sang ne coule plus. Dilatation maximum. Je touche une surface molle, sans bornes précises. Mes mains tremblent. Pendant une nouvelle contraction, je respire profondément en m'interrogeant mollement. Mon cerveau ne répond pas. Ce n'est ni une présentation des pieds, ni de la tête, ni du dos. Je refais un nouvel examen. La surface est trop grande pour être celle du siège. La panique me gagne sous le regard froid des deux femmes. Pour gagner du temps, je fouille dans ma trousse, examinant mes instruments un à un. L'effet du whisky s'en va, le martèlement reprend dans ma tête, plus atroce. Sans but aucun, j'interroge les femmes sans écouter leurs réponses.

— Y a-t-il longtemps qu'elle a mangé?

— Un léger repas à six heures.

— Est-ce qu'elle a bu?

— Un peu.

— Quand ses douleurs ont-elles commencé?

— Après déjeuner.

— Les eaux?

— Une heure plus tard.

— Le sang?

— Au début et une demi-heure avant le téléphone.

Il n'y a que la mère à répondre, d'une voix sèche, sans timbre. Pendant ce temps j'ai pris ma décision. Je donne un peu de chloroforme, puis je fais deux brèves incisions latérales. J'ignore ce que je vais saisir avec le forceps, mais je n'ai le choix qu'entre l'inaction et les fers. Les deux femmes se sont rapprochées au moment des incisions. Je peux voir leur visage sans tourner la tête. Je demande des linges, mais c'est la jeune fille qui va les chercher. La mère ne bouge pas d'une ligne. Le forceps glisse. Je me reprends. Peine perdue. Il est trop petit. Je n'en ai pas de plus grand.

J'entends derrière moi le souffle régulier de la mère. La parturiente s'éveille et gémit. Je lui redonne du chloroforme. Mais qu'est-ce que c'est, grands dieux! Pas le placenta. Le forceps l'aurait saisi. J'enlève mon gant et vérifie. Je vois tomber ma sueur sur le lit. Je touche des cheveux! Je ne suis plus ivre! Je ne me crée pas moi-même des monstres! Cette tête-là est celle d'un monstre. Elle est engagée dans le col, le bloque complètement et fait ourlet à l'intérieur. Puis l'idée me stupéfie. Un hydrocéphale! Un long temps, je demeure immobile, agenouillé au pied du lit. Oh! mon cerveau fonctionne maintenant, à sa plus grande vitesse. Tout est clair, cruellement clair. Mes prochains gestes je les vois. Leur inexorable enchaînement. Je suis en nage.

— Sortez. Je veux être seul avec elle.

Leur regard placide. Une mare d'eau si sombre qu'elle avale le caillou sans une seule ride.

— Sortez, vous dis-je!

La petite recule d'un pas sans que ses yeux révèlent la crainte. Droite et têtue, la mère frémit, mais ne bronche pas. Il faudrait que je les expulse à coups de poing. Elles sont dans leur maison et je suis étranger.

— Des linges, plusieurs linges et vite!

J'ai hurlé. Mais elles me regarderaient mourir avec la même impassibilité. C'est encore la jeune fille qui obéit. La mère creuse le plancher de son poids. Je ne m'étonnerais pas de la voir s'y enfoncer.

Le visage de la femme en couches est maintenant

plombé. La sueur lui colle les cheveux à la peau. Je lui donne du chloroforme pour la dernière fois, puis je cherche une aiguille creuse dans ma trousse. Je me ravise, craignant l'épanchement en jet. Je ferai plutôt une longue incision. La ponction serait trop spectaculaire pour la mère. La jeune fille revient avec une dizaine de gros linges. J'entends le mari marcher dans la cuisine. Il sait déjà que ça ne va pas. Je tremble. Je ne sais plus si c'est l'alcool, la fatigue ou la rage. Les deux femmes se rapprochent encore.

— Éloignez-vous. Comment voulez-vous que je travaille quand je vous ai tout le temps dans les jambes !

Elles reculent d'un pas. Je me serre le poignet et fais jouer mes muscles pour calmer mes mains. Je suis prêt à l'assassinat. L'entaille à peine commencée, le liquide séreux gicle déjà. Il fait une longue traînée sur le plancher, au pied du lit. Je réussis quand même à prolonger l'incision et l'épanchement se fait moins violent. Les deux femmes ont le souffle coupé. Elles sont fascinées. Elles ont vu un médecin tuer un enfant.

Puis les contractions reprennent et l'expulsion de l'enfant se fait. J'enveloppe le petit corps et regarde stupidement sa tête ouverte.

— Quel sexe ?

La question de la vieille me déconcerte autant que si elle m'avait demandé la couleur de ses yeux.

— Qu'est-ce que ça peut vous faire, puisqu'il est mort ?

Elle répète, sèchement.

— Quel sexe ?

— Un garçon.

Je tiens l'enfant à bout de bras pour le leur offrir, je ne sais pourquoi je fais cela, mais je suis pris d'une irrésistible colère parce qu'elles ne le prennent pas.

— Mais prenez-le ! Il n'est pas à moi. Ce n'est pas ma faute s'il est né ainsi. Un hydrocéphale ! Ça ne vous dit rien. Une tête d'eau ! C'était la mère ou lui. Qu'auriez-vous fait d'une tête d'eau ! Mais prenez-le !

Le silence n'est troublé que par les gémissements de l'accouchée. Les deux autres femmes me regardent comme si j'étais un monstre qu'elles n'auraient plus la chance de revoir. Elles ne perdent rien, enregistrent tout et me laissent l'enfant dans les bras. Je reste ainsi un temps, n'arrivant pas à comprendre pourquoi elles agissent ainsi, ne pouvant accepter une situation si stupide. Puis je dépose l'enfant au pied du lit. Le pouls de l'accouchée est lent, mais régulier. Sa respiration est profonde. Elle en sera quitte pour une douzaine d'heures de souffrance et un enfant mort-né.

Dans la voiture, je pleure, de rage, d'impuissance et de fatigue. Tout le jour quelqu'un m'a talonné. Il me laissait faire quelques pas et m'écrasait pour recommencer. Maintenant je suis acculé au mur, je ne peux plus faire mes quelques pas. Il doit ou m'écraser définitivement ou faire cesser mon supplice. Je me calme peu à peu et l'indifférence me gèle l'âme. J'en arrive à tout regarder avec froideur. Je n'ai plus rien à perdre.

J'ai tout perdu. Le petit hydrocéphale m'a emporté le dernier morceau : ma révolte. Madeleine peut s'évanouir dans un passé vague. Elle peut être heureuse sans moi. Ce qu'elle m'avait confié en dépôt je l'ai perdu parce qu'on m'a coupé les mains. Je ne l'étreindrai plus jamais.

Les guirlandes de lampes découpent les monticules de poussière au sommet desquels les petites locomotives s'activent toujours, morcelant l'éternité de grains de poussière. Sous eux des hommes creusent leur tombeau à deux dollars l'heure.

Je consulte ma montre. Cinq heures. J'ai passé près de trois heures à la ferme.

La maison est silencieuse et calme. On croirait y entendre respirer le bonheur.

Je me couche sur le divan rose, l'âme couverte de poussière. J'ai la tranquillité et la paix des morts.

## 2

Le téléphone encore. Je suis enveloppé d'ouate et j'ai des mouvements de nageur qui lutte contre le courant. Sourde, lointaine, la voix du docteur Lafleur m'atteint comme en rêve. Il opère une appendicite dans une heure et me demande de l'assister. Il est huit heures. J'accepte en pensant que je dormirai dans l'après-midi, après les consultations.

De la cuisine me parvient la voix de Thérèse qui chantonne une romance, une voix familière comme le sifflement de la bouilloire sur le feu, l'odeur de pain brûlé, le chuintement de la chasse d'eau. La porte de notre chambre est fermée.

— Vous êtes sorti cette nuit?

Thérèse. Un grand sourire qui efface la veille et recommence en neuf tous les jours. Elle ne s'étonne pas de mes vêtements froissés, de mon teint cireux, de mes yeux enflés et sanglants, ni de ce qu'elle m'ait vu couché tout habillé sur le divan rose. Tout cela signifie pour elle que je suis allé aux malades dans la nuit. Du moins le veut-elle ainsi. Elle m'a préparé un bain, mais je sais que l'eau est bouillante et je m'attarde dans la cuisine.

Le ciel est d'un gris d'ardoise et il pleut. Le mercure dégringole et remonte en flèche en trois jours. Macklin est le paradis des perturbations atmosphériques. Les chemins vont se couvrir d'eau dans la journée et geler cette nuit. Macklin s'isole ainsi du reste du monde dix ou douze fois par hiver. L'eau en tombant crible la neige qui apparaît comme un gâteau de miel. Rue Green, les voitures malaxent la pâte et la rendent souillée et farineuse.

Thérèse m'apporte un jus de fruit. Je la regarde comme le malade l'infirmière, en me disant qu'il doit être bon d'habiter ce corps jeune et frais, sans aucune ride, sans flétrissure. Ses soins, elle les prodigue à Madeleine avec plus d'enthousiasme, mais elle me panse discrètement, ne m'abandonne pas. Elle ne me demande pas pourquoi je me suis couché dans le salon, mais elle m'a préparé un bain et elle m'offre sa bonne humeur comme si Madeleine et moi ne côtoyions pas l'abîme, comme si la maison allait se remettre à vivre dans le calme et la paix.

J'ai le corps et l'âme trop las pour m'interroger, pour penser à ce qui a été. Je bénéficie du demi-engourdissement de l'opéré qui émerge de l'anesthésie par paliers. Ce que sera mon mal ensuite ne m'intéresse pas. Passé un certain degré d'épuisement, le corps seul nous occupe. J'économise mes gestes et mes pensées. Je me contente de regarder vivre Thérèse et d'exister moins qu'elle. Madeleine serait devant moi que j'aurais peut-être la même indifférence profonde, que je connaîtrais la même incapacité physique d'établir entre elle et moi d'autres rapports que ceux de l'œil avec l'objet incolore qu'il regarde. Je vis au ralenti, terriblement. Je ne tiens aucunement à faire tomber la poussière qui me couvre et cela exige une quasi-immobilité. Le bain chaud m'engourdit davantage. Je deviens très indulgent pour mon corps. Il suffit peut-être d'un peu de faiblesse physique pour considérer l'univers dans une optique différente, dans un éloignement qui nous le rend anodin et mollet.

Dans la voiture, le crépitement de la pluie sur la capote et la neige en liquéfaction que je chasse des deux côtés m'accordent une intensité factice. Sur le chemin de l'hôpital, je dois conduire avec une lenteur extrême. L'eau glisse sur la glace.

L'opération terminée, le docteur Lafleur me prend à part.

— Je suis passé chez votre accouchée ce matin. Vous ne vous êtes pas amusé !

Je me raidis un peu. Le vieux médecin ne me juge pas et sa voix est la franchise même, mais je ne veux pas qu'on me parle de ce cauchemar.

— L'accouchée va bien.

Un temps durant lequel il s'interroge sans doute, puis :

— Vous avez dû opérer devant les femmes. C'est

très mauvais. L'hypothèse de la mort de la mère ne les touche pas. Elles ne retiennent que la réalité de la mort de l'enfant… Si j'avais su, je ne vous aurais pas confié le cas. Je suis responsable dans une certaine mesure. Je n'avais rien vu au cours de mes examens et je suis passé chez eux deux ou trois fois avant l'accouchement.

— Avez-vous déjà rencontré un cas semblable?

— Non. Mais à l'âge que j'ai j'aurais pu me charger de la mort de l'enfant. On m'aurait pardonné ou j'aurais pu leur faire comprendre. Avec vous ils seront sans pitié. Il y a à peine trois mois que vous êtes établi à Macklin et vous venez de la grande ville. J'aurais dû…

La voix chevrotante laisse filer la phrase inachevée. Mais qu'il me parle du whisky! On a dû lui faire part de cela aussi. Lui qui n'a peut-être jamais bu un verre de whisky, qu'est-ce qu'il attend pour me parler d'éthique professionnelle? Il doit savoir aussi que j'ai été vu à l'hôtel hier. L'insistance avec laquelle la religieuse de la salle de chirurgie m'a regardé à mon entrée ne me laisse aucun doute là-dessus. On a parlé de moi dans Macklin ce matin. Ma réputation s'est étendue. L'hydrocéphale à la campagne et l'hôtel, dans la ville. On peut asseoir une carrière là-dessus. Madeleine n'a pas à s'inquiéter. Elle aussi va l'apprendre. Nous réussissons à nous étonner tous les deux. Mais le vieux médecin persiste à garder intacte l'idée qu'il se fait de moi. Que celui qui n'a pas péché lance… Ce serait le seul à pouvoir me lancer la pierre. Mais les justes ne lapident pas. Il pose sur moi son beau regard bleu qui a encore foi et il m'entraîne vers les chambres pour les visites.

Au bureau des médecins où je me retrouve seul avec lui, il me dit :

— Je présenterai le cas à la prochaine réunion médicale. Préparez une brève communication sur l'accouchement, quelques notes. Vous nous rendrez service, à tous...

Le silence de la pièce, la tranquille assurance de ce vieil homme qui a conservé une sensibilité d'adolescent devant la souffrance, qui a connu dans sa vie plus de visages torturés que de regards joyeux, me désempare soudain. Je me sens devant lui comme déloyal, revêtu d'une identité qui n'est pas la mienne. C'est moi le vieillard. Que tombe le masque et il verra mes rides. Ou peut-être ne sommes-nous qu'irrémédiablement étrangers l'un à l'autre. Je souffre tout à coup de sa sérénité, de ses certitudes. Pourquoi est-il préservé ? C'est une injustice. Nous vieillissons tous autour de lui, nous nous flétrissons et il demeure innocent. Rien dans sa vie qu'il pourrait renier. La voie s'est toujours tracée droite devant lui. Il n'a jamais hésité, pris ces chemins qui ne conduisent nulle part, ces culs-de-sac où nous demeurons emprisonnés pour la vie. Il voit une lumière, lui.

— Est-ce que vous croyez à la justice de Dieu ?

Le coup parti, je le regrette. Mais je veux savoir. S'il existe une faille dans son acceptation elle se trouve là.

Il n'a pas le droit de nous proposer son bonheur si cette pierre-là est disjointe. Je sais que sa réponse ne me satisfera pas, mais j'attends avec attention, tendu, sans indulgence. Je veux savoir où la balle tombera. Il relève la tête, fronce un peu ses sourcils broussailleux comme pour retenir une émotion, empêcher l'âme de s'exprimer.

— Pourquoi me demandez-vous cela?

La voix est brisée, inquiète.

— Parce que je n'y crois pas. Je ne crois pas à une justice qui assène elle-même les coups, quitte à se reprendre ailleurs, plus tard. Une justice qui brise l'innocent avant de le reconnaître.

Il branle la tête et remue les lèvres, visiblement agité.

— Je ne peux rien vous dire, rien résoudre pour vous.

Il ne peut fuir ainsi le débat. Il voit bien que j'ai un besoin essentiel de savoir. Pourquoi ne me répond-il pas?

— Votre attitude, à vous? Comment acceptez-vous cela?

J'ai élevé la voix. Je veux le toucher. Il sourit vaguement.

— Au chevet du malade, je n'accepte jamais. Je lutte. Je lutte aussi dans la vie chaque fois qu'il m'est possible. Je suis toujours battu.

Il regarde dans la fenêtre et fait de la main un geste d'impuissance.

— Mais je continuerai jusqu'à la mort. Ma foi ne m'empêche pas d'aimer assez les hommes pour les soustraire quand je peux à ce que vous considérez comme l'injustice de Dieu. Vous voyez, nous sommes deux à lutter contre Lui. Il n'y a pas d'autres solutions que de faire notre métier d'homme.

Lui aussi doit tout ramener sur le plan de l'homme. Il ne me convainc qu'à demi. Mais est-il plus facile d'aimer l'homme !

## 3

Le magasin d'Arthur Prévost : un immense bazar d'un seul étage, tout en longueur, éclairé seulement par les vitrines de la façade et les tubes fluorescents. Les murs peints d'un vert mousse et d'un jaune ocre du plus étrange effet. Cela fait aquarium et serre chaude, bien que les seuls articles qui n'y soient pas en vente soient justement les poissons rouges et les fleurs. Pour le reste, de l'épingle à chapeau au réfrigérateur et aux instruments aratoires, vous pouvez l'obtenir. Arthur Prévost se promène là-dedans comme un planteur dans ses champs de coton, le nez haut, les mains derrière le dos, l'œil à tout. C'est lui qui éteint les tubes fluorescents graduellement, en allant vers le fond, à mesure que monte le soleil, et les allume en sens inverse à la tombée du jour. Il lui arrive d'accueillir lui-même les clients à la porte et de les conduire à un comptoir en donnant des ordres d'une voix dure à une jeune fille. Il doit savoir par cœur ce qu'il a en magasin. Ses employés se sont syndiqués et il le leur fait expier en ne leur laissant pas un instant de répit. Les jours de calme, comme le lundi, il les fait astiquer, compter la marchandise, ranger dans les entrepôts. Un homme d'action qui ne souffre pas la détente et ne croit qu'en la rudesse. On le dit généreux. Outre son magasin, il possède une laiterie et une scierie. Après les propriétaires de mines, il est l'homme le plus important de la ville. Il me reçoit dans son bureau, une vaste pièce peinte des mêmes couleurs que le magasin. Un pupitre sombre où l'on pourrait mettre la table. Des chaises de cuir de même teinte. Riche sobriété qu'il a empruntée aux propriétaires des mines. Très rapidement nous avons fixé les conditions de mon emprunt, conditions très généreuses qui prévoient un remboursement mensuel peu élevé. Je n'aurai qu'à passer à la banque demain pour alléger de près de moitié mes obligations financières.

Arthur Prévost m'entretient maintenant des ressources de la ville, de l'extraction de l'amiante, des salaires payés, des capitaux investis. Une kyrielle de chiffres que je n'écoute pas. Je n'ai pas le sens des réalités très aiguisé. Je pense à Madeleine, à l'avoir que j'ai perdu.

Au déjeuner, elle a été de glace, ne s'adressant qu'à Thérèse. Je n'ai pas lu de haine dans ses yeux. Seulement une indifférence moins supportable encore que la haine, parce qu'elle n'offre pas de prise. Il n'y a pas eu d'explication. Tout demeure en suspens. Et j'avoue que je me satisfais assez bien de cet état de choses. Tant qu'il n'y a rien d'expliqué, rien n'est définitif. Deux lutteurs qui se font face et calment leur respiration avant de reprendre le combat. Ou peut-être nous sommes-nous dépassés sans nous heurter et nous continuons à courir loin l'un de l'autre sans possibilité de nous rejoindre jamais. Nous nous éloignerons ainsi jusqu'à notre mort.

Rien n'est simple. Elle était assise en face de moi, glaciale et hors d'atteinte, et nous nous touchions quand même. Nous sommes liés par trop de fibres encore pour l'impassibilité. Feinte son indifférence, simulée ma stupeur. La brisure n'est qu'amorcée et nous n'avons rien fait encore pour nous retrancher véritablement l'un de l'autre. La chair ne consent pas. Pendant le déjeuner, je ne cherchais pas à analyser son comportement ni à lui demander des raisons, je regardais ses cheveux roux, sa peau blanche, le mouvement de sa taille, son corps qui me tiendra toujours. Et je n'ai pas besoin de la regarder. Ses chairs morbides, mon cerveau peut aisément les sculpter et leur donner le mouvement. La chair souffre davantage que le cerveau, que l'esprit qui ne peut, lui, pleurer sur une image. Quels ont été, d'ailleurs, nos liens spirituels ? Fragiles. Madeleine n'a jamais été pour moi cette compagne qui imprime ses pas dans la trace de celui qu'elle aime ; sur le plan intellectuel nous n'avons jamais communié. Qu'aurais-je fait d'un double de moi-même ? Je ne l'ai jamais non plus, par la force des choses, dominée par l'esprit. Nos rapports étaient physiques, essentiellement. J'ai aimé en elle la liberté de son corps et cet amour-là, qui peut affirmer qu'il n'est pas le vrai? Ce qu'elle a aimé en moi, je l'ignore. Peut-être ne m'a-t-elle jamais aimé. Elle jouait peut-être et n'a pas su quand le jeu devait cesser. Idée intolérable, mais enfin je devrai un jour, et je n'y suis pas préparé, m'interroger sur le destin de Madeleine, démêler la cruauté de la faiblesse, la fatalité de la trahison. Mais ce sera beaucoup plus tard, quand nous serons heureux de nouveau.

Au moment de quitter la maison après le bureau, Madeleine m'a demandé de l'argent. Je lui ai signé un chèque trop important, démesuré. Je tente de la regagner par des moyens vils. Mais je n'y ai même pas réfléchi! Et puis ce serait trop stupide de vouloir la séduire par de l'argent. Ma présence dans le bureau d'Arthur Prévost le démontre suffisamment. D'ailleurs, elle ne m'a même pas remercié.

Le gros marchand se grise toujours de chiffres. Il ne s'aperçoit même pas que je ne le suis pas. Il a sans doute l'habitude d'être écouté sans se faire interrompre, fût-ce par un mot d'approbation.

Il y a plus en Madeleine que de l'indifférence ou de la cruauté et c'est ce qui me retient de la briser. Un égarement que j'ai surpris dans son regard à de rares moments. Elle vit avec trop de hâte. Son intensité quand elle est heureuse inquiète comme une maladie. Je sais qu'elle n'hésitera jamais à tout jouer d'un coup. On ne peut la plier à sa guise; elle se brisera plutôt. Elle ne peut se défendre qu'en perdant ou en gagnant tout. Cette possibilité de désastre lui donne à la fois son prix et sa vulnérabilité.

— Dans une ville comme Macklin vous ne pouvez avoir de vie privée.

Je sursaute. La conversation d'Arthur Prévost a bifurqué. Je ne sais par quelle transition il est passé de l'exploitation minière à ma vie privée, mais je sens la poudre. Fort de sa générosité, il va me parler morale.

— Tout ce que vous faites, vous et votre femme, est fait devant toute la ville. Il est impossible de faire une carrière à Macklin si l'on n'a pas une conduite irréprochable. Le moindre faux pas est commenté et grossi démesurément.

— Pourquoi me dites-vous cela?

Si on lui a parlé de l'hôtel, il va me le dire. C'est un homme direct, sans ménagement. Ou, peut-être, s'agit-il de Madeleine?

— Parce que je veux que vous réussissiez. Nous avons besoin d'un jeune médecin compétent à Macklin. Je ne voudrais pas que vous soyez obligé de nous quitter pour une peccadille.

Je dois le quitter avant qu'il réussisse à me mettre en colère. Je me lève et il m'accompagne jusqu'à la porte où il me dit d'un ton qu'il cherche en vain à rendre bonhomme:

— Ainsi, des hommes comme vous et moi ne boivent jamais à l'hôtel.

Je le regarde dans les yeux, froidement. Il supporte mon regard sans broncher. Il regrette déjà peut-être d'avoir cherché à m'aider.

# 4

Il a plu encore aujourd'hui. On voit l'asphalte rue
Green, mais, le long des trottoirs, coule une eau noire,
lourde qui éclabousse les promeneurs lorsque passe
une voiture. Dans les petites rues, c'est la farine
souillée où l'on s'enlise. Même dans les champs, la
neige a pris une teinte sale, grisâtre qui donne au paysage une morne tristesse. Les arbres dressent là-dessus
leur bois mort, déchiqueté. Des champs de poussière
avec des formes calcinées. La pointe des monticules se
noie dans le brouillard et on entend les petites locomotives haleter sans les voir, comme le son du soufflet
qui déverse cette grisaille générale.

Veille de Noël. Les petites lampes des sapins appa-
raissent dans le demi-jour comme de médiocres
taches de lumière. La gigantesque mise en scène de
Noël n'est plus qu'un décor troué et lacéré sur une
scène abandonnée. Cela fait lendemain de fête, avec
un peu d'amertume et la tristesse de sentir que les
choses sont si peu éternelles. Pourtant, les promeneurs

sont nombreux des deux côtés de la rue Green, les bras embarrassés de colis, les visages fatigués, nerveux. Pendant une nuit ils se tiendront éveillés à penser qu'il leur faut être heureux et le sommeil viendra avant le bonheur. Les enfants eux-mêmes ne croiront pas longtemps à l'illusion. Le petit cheval aura déjà perdu une patte demain.

Je trouve curieuse cette facilité que j'ai maintenant de prendre du recul devant les spectacles de la vie et d'y assister en spectateur. Mon esprit s'aiguise. Pourtant, j'entrerai dans le jeu moi aussi. Il y a des roses sur la banquette arrière et, à côté de moi, un collier d'agates découvert chez le même bijoutier à l'œil vitreux. Je n'espère rien de ces dons menus. Je tiens peut-être à l'illusion. Enfin, c'est notre premier Noël comme époux! Nous méritons, l'un et l'autre, d'y croire.

Je gare l'auto devant ma porte. Il y a un petit garçon au bureau. Il parle d'une voix de gorge, le menton dans la poitrine. Je dois le faire répéter plusieurs fois et il le fait chaque fois de la même manière, de la même voix. Je comprends enfin qu'il veut des médicaments pour sa mère. Je le reconduis à la porte où je demeure un instant sur le seuil à humer l'air.

Une grande bouffée de chaleur me monte de la poitrine. Ils sortent de chez Kouri tous les deux, enlacés, et se dirigent vers l'église. J'entends le rire de Madeleine avec toute ma peau. Il me laboure. Je ne les vois que de dos, mais le bonheur est entre eux comme un air opaque. Beaucoup plus petite que lui, elle s'appuie, s'abandonne toute. Je les verrais s'unir que je n'aurais pas plus mal. Je rentre, de crainte qu'on ne voie que je les vois. Puis les larmes coulent. Je sanglote et j'ai le goût de tuer, de pulvériser. Ah! je ne savais pas qu'elle pouvait encore m'assassiner. Je me croyais mort déjà. Les morts souffrent plus que les vivants. Je lance les roses contre le mur, les piétine, broie du talon les pétales qui jonchent le plancher. Puis je m'arrête, interdit. Je sens une présence dans mon dos. Thérèse.

— Le docteur Lafleur a...

— Allez au diable! Fichez-moi la paix!

— ... téléphoné pour vous demander...

— Fichez-moi la paix! ÊÊÊtes-vous sourde!

Cette fois, j'ai hurlé si fort qu'elle se retire à reculons, les yeux fixes. Je lui ferme la porte au nez.

Je m'écrase dans le fauteuil, devant ma table et je laisse couler ma souffrance, sans plus lui résister. Pourquoi? Pourquoi? Je n'ai été ni brutal ni tyrannique. Je l'ai aimée, comme j'ai pu. À quoi bon! Je ne veux plus m'interroger, je ne veux plus me torturer, je ne veux plus savoir. La crise me laisse veule et vide. J'ai un goût de cendre dans la bouche. Les pétales de rose qui luisent doucement à mes pieds me soulèvent le cœur. Je crois que même la présence de Madeleine devant moi, me souriant, ne guérirait pas la répugnance qui m'a gagné. Des visages figés dans une expression de tranquille mépris tournoient dans la pièce.

Celui du garagiste qui, adossé contre sa pompe à

essence, me contemple en se frottant le menton. Lorsque je tourne la tête dans sa direction il feint de regarder tourner les chiffres. Je lui demande de vérifier l'huile. Il quitte son poste d'observation en traînant les pieds, soulève le capot l'air excédé et fouille un long temps dans le moteur. La pression de l'air dans les pneus. Même jeu. Quand c'est terminé, il se plante devant moi et me dévisage sans m'indiquer le prix que je dois lui demander. Je lui laisse un pourboire. Il ne me remercie pas et je vois encore dans le rétroviseur ses yeux cernés de cambouis lorsque je m'engage dans la rue Green.

Le pharmacien, court et gros, m'accueillait toujours en se frottant les mains et en me demandant des nouvelles de ma santé d'une voix aiguë traversée soudain de sons graves comme si une de ses cordes vocales vibrait toute seule sans qu'il y puisse rien. Il avait ce matin l'air pincé d'un moine qui surprend une baigneuse. Il ne m'a pas salué et il a retenu longuement deux clients avant de me répondre. Je n'ai pas encore reçu les médicaments que je lui ai demandés. Il doit s'entretenir de tout cela, le soir, avec son voisin le curé.

À l'hôpital, les visages blancs des religieuses sous la coiffe noire. L'œil pointu. Pensez : un homme que sa femme trompe, qui boit et accouche un hydrocéphale. Je ne les connais pas toutes, mais je sais qu'elles connaissent toutes ma turpitude. On doit prier pour moi dans cette maison-là, la nuit.

Partout où je suis allé aujourd'hui, les hommes

m'ont contemplé comme un frère perdu. Macklin fait cercle autour de moi et resserrera un jour son étau. Leur crier que c'est moi la victime, non pas Madeleine. Un homme ne se justifie pas sur la place publique. La ville entière penche pour Madeleine. Ma femme a préféré un de ses enfants et ma femme est de leur race. Sa présence n'est pas insolite entre les monticules de poussière. Elle s'est laissé couvrir d'amiante tout de suite et leur ressemble maintenant. Moi, le mari, je suis l'intrus. Tous ces yeux sans pitié supputent ma capacité de résistance, me fixent un délai. Partira-t-il, le petit docteur ? Je tiens le coup. J'ai découvert qu'il ne fallait pas résister, mais s'amollir, se faire si flasque qu'il faille s'y prendre à plusieurs reprises pour m'écraser. La force de l'inertie, la leur.

Avec Madeleine, c'est différent. L'inertie n'est plus guère possible lorsque j'entends son rire au bras d'un autre, lorsque je vois le mouvement de sa taille, la ligne de ses hanches. L'impassibilité me quitte devant ce jeune fauve qui ne sort ses griffes que pour moi.

Pourtant, je l'entends refermer la porte, monter l'escalier et je ne bondis pas derrière elle. Je n'ai plus aucune spontanéité. Thérèse l'accueille au haut de l'escalier. Elle lui racontera ma scène d'exaspération. Je ne désire pas me rendre sur-le-champ à l'appartement pour empêcher cette confidence. Ça m'est égal. J'ai la nausée et je ne ferai rien pour arrêter quoi que ce soit. Le scandale, qu'il aille son ignoble chemin ! Madeleine, je ne te tends plus les bras. Je me laisse couler. J'ai les bras trop lourds de tourner mon rocher et tu es trop loin. Il est tellement facile de sombrer. Il n'y a qu'à laisser tomber les bras et à fermer les yeux. On peut tout m'enlever des mains ; je ne vois rien. Ce n'est peut-être que l'odeur de l'éther qui me rend si lâche et le ciel qui suppure sur la ville, et la poussière d'amiante qui se liquéfie.

# 5

La pluie s'est transformée en neige, une grosse neige floconneuse qui, dans l'éclat de la lampe à arc, paraît artificielle, très cinéma. Thérèse vient de rentrer et la neige a piqué dans ses cheveux mille cristaux translucides : joyaux de quelques secondes. Ils l'auront leur décor. Les petites lampes multicolores prendront de l'éclat sur le blanc et le ciment ne résonnera pas sous les pas. J'entends les cloches de l'église, sons graves et aigus qui vibrent moelleusement dans la neige. Une pluie de douceur blanche tombe sur la ville, avale la poussière, affadit les murs. On ne voit plus les guirlandes de lampes au-dessus des buttes. La neige y dessine une traînée blanche en forme de cône.

— Ça va être un beau Noël !

Thérèse a encore les cils mouillés. Ses lèvres sont d'un rouge si vif qu'on ne serait pas étonné d'y voir perler une goutte de sang. Les dents blanches jouent derrière aux bijoux précieux. Cette fille-là donne envie de vivre, elle crée l'atmosphère de fête à elle toute seule. Je ne sais ce qu'elle fait ici ; je croyais que Madeleine lui avait donné congé. Mais je suis heureux de la voir. De regarder tomber la neige commençait à me soulever le cœur.

Thérèse bâille en étirant les bras et la hanche gauche exagère son dessin. Elle a mis une robe d'un bleu vif qui lui donne l'air d'une campagnarde endimanchée, mais c'est un air qui lui sied. On ne l'imagine pas en robe de bal.

— Madeleine est sortie, pour la messe de minuit. Rentrez chez vous.

La demie de dix heures vient de sonner, mais Thérèse n'exprime aucune surprise, même si l'église n'est qu'à cinq minutes. Rien ne l'étonne plus dans cette maison, parce que, peut-être, elle est mieux renseignée que moi.

— Le réveillon ?

Elle me demande cela comme s'il ne pouvait être question de se soustraire à un rite sacré. Elle ne veut pas que nous soyons des grandes personnes. Mais je n'en suis plus à trouver singulier ce goût du jeu qu'elles ont, Madeleine et elle.

— Mettez la table dans la salle à dîner. Cela suffira, je crois.

Elle sourit. Je suis un enfant qui a cessé de ne vouloir point être heureux. Au fond, Thérèse est un peu de mon côté lorsque Madeleine est absente. Je suis sûr qu'elle doit réussir à nous défendre tous les deux en ville. Le cinéma lui a donné le goût des beaux rôles.

Je retourne dans le salon où la radio éjecte ses cantiques comme une machine ses boulons. Il ne me manque que du feu dans la cheminée et une femme dans les bras pour être complètement heureux. Il faut savoir se satisfaire de l'accessoire parfois.

Sans que nous nous soyons donné le mot, nous avons entrepris ce soir de nous voir heureux. Au dîner et ensuite, Madeleine était enjouée et riait à tout instant, réussissant même à rire juste parfois. Ce n'est peut-être que la neige qui l'a mise ainsi ou de me voir si peu d'entrain ou, comment savoir, son bonheur tout simplement. J'ai fait comme elle, avec moins d'aisance, moins de sincérité. Je n'ai pas encore appris à jouer. En fait, nous avons été joyeux sur le dos de Thérèse. C'était elle qui nous excitait, nous appâtait avec des facéties, nous prenait en croupe sur son bonheur. Sans Thérèse cohabiterions-nous encore? La grosse fille soutient la façade à elle toute seule.

Je l'entends faire tinter les verres, déposer les assiettes sur la nappe avec un bruit mat et chantonner le cantique de la radio. Elle crée une atmosphère rassurante, d'où la chaleur n'est pas absente. Encore un peu et je serai le célibataire heureux qui attend son amante. La nuit scintille comme un écran de cinéma et le bonheur se découpe en gros plans. Mais il n'a pas de relief. Regardez sans toucher. Un bonbon de cire qui trompe à tout coup. La messe de minuit de Madeleine, j'y crois bien sûr. Je ne l'ai vue à l'église que lors de notre mariage. Une fois de trop… Je fais un virage.

Je n'aime pas les pentes ce soir. Je me maintiens à la crête, comme Thérèse.

Toute une nuit en liberté! Le téléphone s'est assoupi. Il ne sonne pas souvent depuis la nuit de dimanche. La ville me laisse me reposer. La ville me soigne. J'ai eu ma part d'émotion et elle le sait. Suis-je encore médecin? Le nouvel homme qui m'habite peut-il revendiquer ce titre? La ville se méfie. Elle ne reconnaît plus le docteur Alain Dubois en moi. Moi non plus. Nous sommes presque d'accord là-dessus. Je ne l'aime pas beaucoup ce nouveau moi, mais je n'ai pas la ressource de l'expulser. Il me faut bien le supporter. Cet homme-là ne gagne pas beaucoup d'argent et en dépense énormément, mais ça lui est égal. Arthur Prévost lui a fait des conditions généreuses. Il s'arrangera toujours. Que lui importe tout cela au seuil d'une nuit quiète que l'imprévu troublera peut-être? Je suis si disponible qu'il ne se peut pas que je reste sans emploi. On me trouvera bien un bout de rôle dans une petite scène.

Thérèse m'appelle de la salle à manger. Elle a terminé et veut me faire admirer. Ce n'est pas joli, ni impressionnant, mais elle a fait de son mieux pour créer l'illusion de la splendeur. Plats plaqués d'argent, couteaux et fourchettes de même nature, assiettes fleuries dans lesquelles nous n'avons jamais mangé, deux chandelles rouges, quelques branches de sapin et des verres qui, parce que translucides, auraient suffi à donner l'illusion de l'éclat. Thérèse ne croit qu'à l'accumulation. J'admire sans conviction. Elle n'est point sotte, et elle sourit sans conviction.

Avant qu'elle ne me quitte, je lui donne quelque argent dans une enveloppe. Je ne suis pas assez subtil pour lui offrir d'autre cadeau. Elle m'embrasse sur la joue, comme un enfant sage. Son bonheur ne la rend pas égoïste.

— Vous devriez aller à l'église vous aussi. Vous serez tout triste de rester ici.

Ses yeux rient et sa bouche fait une moue d'enfant. Je résiste mal à l'envie de lui pincer les fesses. Cette fille-là appelle la familiarité. Elle serait capable de se laisser faire. Elle et moi? Ce serait drôle. Mais mon nouveau moi n'est pas drôle.

— Laissez, laissez… Je m'amuse très bien tout seul.

Ma voix fait la lippe. Je suis quand même un peu sentimental. Thérèse m'embrasse encore sur la joue et me dit ses vœux de Noël, puis elle me quitte dans un grand sourire. Elle m'aura déjà oublié en sentant la fraîcheur de la neige sur sa peau.

J'erre un peu dans l'appartement pour le plaisir de vérifier que je suis bien seul chez moi et que ce sera Noël tantôt. Je laisse les lampes allumées dans toutes les pièces. Il ne me manque que de me parler d'une pièce à l'autre. Dans la chambre de Madeleine – maintenant je couche tous les soirs sur le divan rose du salon –, je tire la courtepointe et prépare le lit. L'illusion est complète. J'éteins la lampe du plafond et ne laisse que le faible éclat de la petite lampe de chevet à abat-jour rose. Puis le parfum de Madeleine me saisit à la gorge et je m'en vais.

En vain, je cherche à capter à la radio une musique moins fade que les cantiques. J'y renonce et je mets plutôt quelques disques de Madeleine, ses romances païennes qui couvrent la vie d'un voile rose. Il en est même qui parlent de trahison et de mort, mais sur une musique inoffensive qui rend ces choses-là presque aimables.

Mon nouveau moi aime l'alcool, le whisky surtout. Je lui en verse. La romance et le whisky, l'éclat des lampes dans la maison, la neige ouateuse dans la fenêtre, les cloches qui emplissent la nuit d'une grosse gaieté d'ivrogne m'amollissent le cœur, m'alanguissent. Le sang me coule dans les veines chaud et rapide. Le moment est plein, dur comme un cube de glace. Je ne désire rien d'autre.

L'horloge sonne onze heures. Je me verse un deuxième verre et, soudain, mon eau intérieure se plisse. Je crois que ce sont les mots de la chanson qui la troublent, tombent en moi, font des cercles et éveillent un souvenir. *Soleil... demi-nue.* Je ferme les yeux et cela émerge lentement, par lambeaux. Impression de chaleur sur ma peau. Ma chair se souvient la première.

Le boqueteau de pins et de sapins ensablés. L'air qui tremble dans la chaleur. Réverbération. Et la peau de Madeleine, sa taille nue qui dessine des lignes émouvantes entre le short vert et la bande qui enveloppe les seins. Les cuisses pleines et rondes où je ne vois pas jouer les muscles. La prodigieuse élasticité des mouvements qui entraînent les chairs dans une harmonie sans cesse renouvelée. La peau blanche teintée de rose que le soleil magnifie.

Nous étions à la mi-juillet, dans la maison d'amis, près du fleuve. Une chaleur sèche brûlait tout dans les champs depuis plusieurs jours. Après déjeuner, Madeleine m'avait proposé une promenade dans le boqueteau de pins qui dressait un mur sombre à la lisière des terres. Ses yeux brillaient d'un éclat trouble dans la réverbération de la lumière. Ils étaient léchés par une flamme intérieure. Profonde et contrainte, sa voix m'avait bouleversé, m'avait profondément remué. Elle vibrait dans la chaleur, comme l'air. Puis elle m'avait donné la main, brûlante et sèche. Nous échangeâmes à peine deux mots en traversant les champs. Elle était à mon côté comme une torture insupportable. Je savais qu'enfin notre amour allait se nourrir d'autres réalités que les mots et les regards. Madeleine était si belle qu'elle ne pouvait continuer d'aller ainsi en liberté. Elle appelait la destruction. Il y avait une souffrance à la regarder, la certitude que l'intolérable désir qu'elle éveillait ne serait jamais pleinement satisfait. Qu'il arrive n'importe quoi, je conserverai toujours cette image de Madeleine à demi nue dans le soleil. Personne d'autre ne connaîtra cela parce que j'ai reçu son premier don, parce que, le premier, je l'ai connue, j'ai connu cette liberté qui cédait.

De près, les pins étaient moins serrés qu'on ne l'eût cru. Ils laissaient entre eux de grandes taches de sable blanc et brûlant semé d'aiguilles vertes et rousses. La chevelure de Madeleine y faisait une coulée de lave rouge, une tache éclatante singulièrement vivante, qui accentuait l'oppressante blancheur de la peau. Dès qu'elle se fût allongée sur le sable nous nous perdîmes dans notre désir avec violence, avec maladresse. Puis le feu s'éteignit doucement et ce fut comme si nous étions abandonnés, seuls tous les deux dans un monde trop grand pour nous. Elle avait reposé sa tête sur mes genoux et je ne la touchais pas, parce que nous étions écorchés tous les deux. Pendant un instant j'ai su que nous n'avions pas réussi à nous attacher l'un à l'autre, que le lien s'était rompu, que la minute n'aurait pas pour résultat d'avoir donné une nouvelle réalité à notre amour. Madeleine m'avait glissé des mains, son âme m'échappait. Je voulais peut-être étreindre l'éternité en elle, connaître la volupté de l'immortalité. Mes bras n'enserraient plus qu'une femme lasse qui pensait à autre chose. Madeleine, tu fuyais déjà ce premier jour. L'instant avait eu la plénitude que tu désirais et il était déjà mort. A-t-il même laissé un souvenir en toi? Tu me demandais le nom de l'oiseau au cri de crécelle, tu pensais à ce que tu allais faire pour finir le jour, tu cherchais par tous les moyens à te distraire de notre acte. Mais, peut-être, souffrais-tu, toi aussi, de retomber à ras de terre et t'éloignais-tu pour échapper au supplice.

Elle demeura un long temps à s'apaiser contre moi, immobile, cherchant je ne sais quoi dans le ciel. Ensuite, elle parut oublier, jusqu'à notre mariage. Nous nous embrassions, mais elle n'était jamais brûlante. Elle changea légèrement cependant, fut grave plus souvent; une gravité qui donnait à son visage un aspect dur et lointain. Et elle était moins ardente devant les choses et les êtres, sauf à des moments plus rares où elle avait comme des bouffées de frénésie.

Le disque s'est fait entendre deux ou trois fois. Je ne sais pas. J'éteins l'appareil d'un geste trop violent. Je suis remué. Le calme que j'avais si péniblement établi en moi n'est plus. Mon âme n'est plus qu'une eau trouble d'où s'élèvent des relents de fadeur. Je ne souffre pas, je me noie, je m'asphyxie. *Soleil… à demi nue,* ces mots retrouvent la banalité de la chanson. De la verroterie. Mon souvenir aussi, qui ne provoque même pas ma colère, qui ne réussit pas à me faire me rebeller.

Les cloches ont cessé. La demie de minuit a sonné il y a longtemps. Dans la fenêtre, la neige se modifie, s'amenuise. Le vent a dû s'élever. La maison vide et illuminée me nargue, comme si vingt invités s'étaient donné le mot pour ne pas venir. La ville est ensevelie sous la poussière et je survis seul dans cette lumière qui n'a pas de sens; la dissipation d'un indigent. Les passants doivent penser que c'est fête chez moi. Je me verse à boire.

Mon regard s'arrête sur la boîte longue et plate

enveloppée de papier blanc et rouge. Le miroitement des agates sur la gorge blanche de Madeleine, qui palpitera un peu, peut-être. Elle voudra peut-être prolonger l'illusion de la paix, même avec l'absence de Thérèse. Le réveillon, il faudra bien le prendre sans nous poignarder. Jouer pour d'invisibles témoins. On peut se laisser prendre à ce jeu-là, cesser de jouer insidieusement pour tomber dans la réalité qu'on ne regarde pas pour ne pas l'effrayer. La nuit peut nourrir des surprises. Il suffit peut-être d'un prétexte.

De nouveau, j'arpente la maison. J'allume les chandelles dans la salle à manger et je mets la boîte du collier à la place de Madeleine. Puis il me vient une idée. Ainsi que je le craignais, Madeleine a laissé le bracelet dans sa chambre. Je sais ce que cela signifie. Mes doigts se crispent sur les pierres, mais cela se passe après un temps. Je retourne dans la salle à manger et dépose le bracelet à côté de la boîte. Le joaillier n'a pas poussé le mauvais goût jusqu'à couvrir le dessous de l'onyx et la lumière passe à travers la pierre et tache la nappe blanche de couleurs un peu glauques, en cercles brisés. Je prends le bracelet et frappe une pierre avec un couteau. Elle cède très vite et tombe sur la nappe ; une larme pétrifiée que la lumière irise. Je la fais sauter dans ma main et je m'étonne de son peu de poids. Puis je la mets dans ma poche. Je dirai à Madeleine que je lui ai dérobé une goutte de son bonheur. Cela fera très noble. Je bois encore, très peu, juste assez pour maintenir mon impression de bien-être.

Il n'y a que deux lampes dans le salon, deux lampes de table identiques, à abat-jour de lin rose, que Madeleine a choisies elle-même. Les seuls articles du mobilier où elle ait mis un peu d'elle-même. J'aime ces lampes, leur simplicité, leur discrétion. Si jamais Madeleine me quitte, il me restera les deux lampes et la petite agate, et quelques images dont certaines, j'en suis sûr, ne se terniront jamais. Il est curieux qu'à propos de Madeleine je pense à des départs ou des absences subites mais jamais à des cheveux blancs ou à des rides. Je ne puis l'imaginer vieillie, obligée de ménager ses jours et son ardeur. C'est peut-être que son intensité inquiète. Je sens, inconsciemment presque, sa fragilité, sa vulnérabilité. J'éteins les deux lampes et j'attends dans la pénombre environnée de la lumière des autres pièces. J'entends bientôt stopper une voiture devant ma porte. Je soulève le rideau. Jim ouvre la portière à Madeleine en s'inclinant légèrement. Je pense à la façon dont Jim a dû l'observer dans le rétroviseur tout le temps de la course. Jim, le scrutateur des consciences du pays. Tout ce qu'il a vu doit frétiller dans son âme comme des limaces. Je rallume une lampe, pour n'avoir point l'air d'épier.

Madeleine entre, me regarde d'un œil vague et s'en va tout droit dans sa chambre. Pas un cristal de neige dans ses cheveux et sur son manteau. On entend les cloches de nouveau. La messe doit être terminée.

Cette entrée de Madeleine n'était pas celle que j'avais prévue et je reste bouche bée. Puis je vais voir dans la chambre. Elle est assise sur le lit, les épaules un peu ployées, regardant fixement à terre. Ma présence ne la fait pas changer d'attitude. Après un temps je lui prends la main et l'oblige à se lever pour la conduire à la salle à manger. J'ai l'impression de guider une aveugle ou une démente. Elle se laisse conduire sans rien dire, pâle et crispée. Je glisse une chaise sous elle.

— Tu veux réveillonner vraiment?

Sa voix est lasse, brisée.

— Je ne t'ai attendue que pour cela.

Elle voit le bracelet. Elle le prend et le tourne lentement dans sa main d'un geste machinal. Elle a dû voir la boîte aussi, mais elle n'y touche pas. Sans le regarder, seulement avec les doigts, elle s'est rendu compte qu'il manque une pierre au bracelet. Elle l'examine soigneusement, me regarde et ne dit mot.

— Qu'est-ce qu'il y a?

— Rien. Je crois que j'ai perdu une agate.

Je suis incapable de lui parler de ma goutte de bonheur. Elle a sur la figure une extase douloureuse qui me fige. Pourquoi ce masque d'enfant triste qu'elle porte toujours lorsqu'elle rentre? Le curé aurait-il raison lorsqu'il effraye ses paroissiens avec la tristesse de la chair? Où a-t-il pris cette vérité-là, lui?

Puis je m'aperçois que nous nous sommes attablés sans qu'il y ait un seul morceau à manger sur la table. Je vais dans la cuisine et fouille dans le réfrigérateur. J'y trouve de la viande froide. Je mets le café sur le feu. J'entends Madeleine ouvrir la boîte. Je m'attarde pour lui donner le temps de trouver les mots qui me feraient plaisir, puisqu'il est entendu que j'ai droit à sa joie. Puis je me charge les bras de tout ce que j'ai pu trouver de comestible sans cuisson. Les pierres scintillent doucement sur la peau blanche du cou, mais Madeleine, la tête dans les mains, pleure en silence. Je n'ai plus de résistance contre cette douleur démunie ; elle me pénètre, me réchauffe, me trouble et triomphe. Je me penche sur elle et l'embrasse dans le cou.

— Ne pleure pas, petite sotte. Il n'y a rien de brisé.

Je lui caresse les cheveux et voudrais la bercer en lui disant qu'il fera encore soleil demain ; que la vie continuera, qu'on s'habitue à tout.

— Je l'aime, Alain ! Je l'aime !

Des petits cris tordus qui me percent l'âme et y tournent en vrille. Mes mains se figent. Je me raidis tout entier et elle s'en aperçoit. Elle ajoute en se serrant le front de ses poings fermés :

— Mais je ne veux pas te faire de mal. Pardonnemoi, pardonne-moi. Ah ! si tu savais…

Le reste se perd dans le sanglot. Et d'elle à moi s'établit pour la première fois une étrange communication. Elle libère en moi un torrent de pitié dont je désire l'abreuver. Comme si elle me passait sa souffrance tout entière et que j'acceptasse de m'en charger. L'émotion me fait trembler. Cette femme pantelante n'est plus la mienne, je ne me reconnais plus aucun droit sur elle. Je ne veux que la consoler, la soustraire à l'injustice divine, ainsi que disait le docteur Lafleur. Son mal ne vient pas de moi et elle n'est pas mon bourreau. Je la vois morte sans avoir été heureuse, morte désespérée parce qu'elle n'étreindra jamais ce qui l'aurait comblée, morte toute seule avec son ardeur inassouvie, son petit corps contracté dans un dernier spasme de fierté. Que m'importera alors d'avoir été trahi ; je ne la revendiquerai plus pour femme. On ne peut avoir des droits sur un être qu'on ne peut empêcher de mourir. On me l'a volée depuis toujours et ce ne sont pas les hommes qui m'ont dépossédé. Je me suis assez battu contre elle ; j'ai reçu trop de coups qui ne venaient pas d'elle. Il ne me servirait de rien d'entrer mes ongles dans sa peau pour la rejoindre. Je ne la rejoindrai jamais, jamais. Nous ne pouvons nous acharner à rapprocher nos deux lignes parallèles. Elle mourra seule et cela rendra définitivement vains et dérisoires mes efforts et les siens. C'est de cela qu'elle souffre avec l'autre, j'en suis convaincu. Elle a plus d'ardeur que moi et elle ne s'est pas avouée vaincue parce qu'elle n'a pas trouvé l'absolu avec moi. Elle cherche ailleurs. Moi, je quitte le champ clos dès maintenant. La pitié monte en moi comme une eau chaude et irrésistible, née peut-être de voir ma propre souffrance en Madeleine. Je ne sais et ne veux pas savoir. Mais je sais qu'elle est condamnée. Je vois sa mort et la mienne et quelque chose de chaud me remue dans la poitrine. Je comprends enfin les mots du docteur Lafleur : « Ma foi ne m'empêche pas d'aimer assez les hommes pour vouloir les soustraire à ce que vous appelez l'injustice de Dieu. » Ah! Comme je comprends maintenant! Je ne peux rendre Madeleine heureuse, mais je n'ajouterai pas à son malheur. Je ne suis plus son mari, je suis son allié contre l'absurde cruauté. Le bonheur qu'elle a donné déjà me revient intact. Je ne le vois plus à la lumière des événements des derniers jours, et je suis heureux de n'avoir rien commis d'irrémédiable contre elle. C'est un abcès qui coule enfin. Je me stérilise pour l'aimer mieux. Ma pitié, c'est peut-être ça l'amour en fin de compte, quand on a cessé d'aimer comme si on ne devait jamais mourir. Tout devient limpide pour moi maintenant. Je souffrirai encore par Madeleine, je le sais, mais je ne m'indignerai plus, je ne l'en accuserai plus.

La flamme des chandelles tremblote et deux traînées noires flottent dans l'air. Les viandes et les fruits que j'ai apportés paraissent de cire. Toute la maison écoute pleurer Madeleine. Je cherche des mots qui pourraient lui faire comprendre ce qui m'arrive, mais les mots trahissent.

— Tu n'es pas heureuse, ma vieille!

Dire cela sur la scène et entendre rire dans la salle. Mais Madeleine a compris au ton de ma voix. Ses larmes redoublent et elle se cache la figure sous le bras replié. Il n'y a rien, rien à dire!

Un long temps, puis elle me dit d'une voix excédée :

— Même avec lui, je ne suis pas heureuse.

— Pourquoi?

Le mot m'a fait une grosse boule dans la gorge. La rapidité avec laquelle elle semble accepter mon renoncement m'atterre.

— Je ne sais pas. C'est une situation impossible. Je ne peux te laisser pour vivre avec lui. Et lui ne peut tout quitter pour moi. Je crois qu'il ne m'aime pas… qu'il m'a prise, parce que… parce que je m'offrais!

Elle torture le dernier mot et laisse retomber sa tête sur son bras. Madeleine, tu m'assassines! Ma pitié est trop nouvelle pour que tu m'accables ainsi d'un seul coup. Je n'ai pas encore l'âme d'un saint. Je m'éloigne d'elle pour avaler ce nouveau fiel, le plus amer qu'elle m'ait encore fait boire. Mais ça ne passe pas. J'ai la gorge nouée. Je ne vais pas pleurer moi aussi. Je prends un verre de whisky. Je me défends avec des moyens humains. Je n'arrive pas à vaincre ma crispation. Je m'assois et demeure immobile, la mâchoire contractée, grinçant des dents: «Parce que je me suis offerte…» Ah! je ne puis sortir de ma peau aussi facilement! La pitié ne m'a pas couvert de pierre. Et Madeleine s'appelle encore madame Dubois. Je bois encore. Puis Madeleine bondit sur mes genoux en s'essuyant les yeux.

— Je te remercie pour le collier. Il est très beau.

Son entrain titube un peu. Ses deux bras nus me brûlent le visage.

— Viens manger. Tu ne pourras te lever pour aller à l'hôpital demain.

C'est la première fois qu'elle se préoccupe de mon réveil.

— Je n'ai plus faim.

Elle se frotte contre moi et m'embrasse longuement. Il y a longtemps qu'elle ne m'a pas embrassé ainsi. Elle fait un tel effort pour me retirer l'épine qu'elle vient de me planter dans le cœur qu'elle m'émeut. Elle me regarde avec gravité.

— Tu sais, je ne t'ai jamais connu vraiment.

— Moi non plus.

Il ne nous reste plus qu'à tomber dans les bras l'un de l'autre, ce que nous faisons. Où sont les spectateurs de cette belle scène? Il faudrait que la ville voit cela!

— Je te demande pardon. Je ne pouvais...

Les larmes. Je crois en leur authenticité. Je me suis fait si bon qu'elle s'émeut elle aussi. La pitié nous englue tous les deux.

— Mais non. Ne pleure pas. Ça passera.

Je prononce les mots sans difficulté, maintenant. Je m'attendris de nouveau. Elle m'étreint convulsivement. Je la sens lutter contre une contradiction trop énorme pour elle.

— Pourquoi nous sommes-nous mariés?

Elle met tout son désespoir dans cette interrogation et j'ai envie de faire comme elle, en dépit de mon amour, en dépit des moments de grâce qu'elle m'a donnés.

Elle m'entraîne dans la chambre et se donne à moi parce que c'est encore la meilleure façon qu'elle a de m'exprimer l'inexprimable. Nous avons joué la scène jusqu'au bout et je crois qu'elle a trahi l'autre. Je n'en ai aucune joie. Il y a demain… et tous les autres jours. Il y a mon indifférence à mon propre bonheur. Il y a nos deux voies irrévocablement parallèles.

# TROISIÈME PARTIE

# 1

Je suis arrêté par le feu rouge devant l'église. Sur le trottoir, le curé me salue. Je lui rends son salut, mais il continue à agiter la main et je le regarde sans comprendre. Mon air d'étonnement doit lui paraître hostile. Pour qu'il n'interprète pas mal mon visage je salue de nouveau. Il agite encore le bras, puis, penaud, détourne son regard vers les voitures qui sont derrière moi. Je comprends tout à coup. La chaleur me monte au visage. Le curé me demandait de monter dans ma voiture. Je corne et l'invite de la main.

C'est un gros homme, la tête couverte d'une abondante chevelure blanche, le nez déformé par l'âge, semé de filaments violacés, le teint rouge pourpre, les yeux d'un bleu évanescent. D'une grande simplicité, les manières brusques, et un peu malpropre. Jamais ses souliers ne sont cirés, ses ongles sont couronnés de noir et sa soutane est tachée de graisse et d'encre. Je le crois humble, sincère et bon en dépit d'une rudesse de ton qui déconcerte au premier abord.

Je m'excuse de ne l'avoir pas compris plus vite. Il me dit se rendre à l'hôpital. Je roule très lentement. La croûte de glace noircie de la rue est recouverte d'une neige fine qui empêche les pneus de mordre sur les aspérités. Tous les jours depuis une semaine environ il y a des bourrasques de neige et le mercure oscille entre moins dix et moins vingt. Janvier a été ensoleillé et relativement doux. Depuis le début de février, c'est une neige fine chassée par un vent rude, qui tombe horizontale la plupart du temps. Si bien que les mineurs doivent descendre avec plaisir dans leurs galeries souterraines où il fait la même température hiver et été. On ne voit plus la poussière. Le vent la chasse très haut et très loin. Le chasse-neige passe tous les jours dans les rues, mais il accumule la neige en bordure du trottoir, rétrécissant sans cesse la voie des voitures. Dans les rues transversales nous devons nous enliser dans les bancs de neige au moment des rencontres. Jim ne travaille plus. Il attend que ça passe. Il a même refusé de me conduire à l'hôpital hier matin. Il vit sur son revenu de l'été.

Je conduis sans parler. Je suis mal à l'aise devant un prêtre et ne sais jamais que lui dire. Il suffirait qu'il parlât religion pour me mettre hors de moi. Lui aussi se tait. De profil, il fait maussade et paysan entêté. Ses bajoues couperosées arrondissent vers le bas sa lèvre inférieure et lui donnent l'air d'un bouledogue. Il me parle soudain de sa grosse voix sans apprêt, rocailleuse.

— J'ai vu madame Dubois hier.

— Ah!

— Elle ne vous a rien dit?

— Non!

Silence. Je n'ai vu Madeleine que très brièvement au dîner hier et elle ne m'a rien dit, à cause de la présence de Thérèse sans doute.

— C'est une orgueilleuse.

— Qu'en savez-vous?

Il ne s'imagine pas que je vais le laisser me parler ainsi de ma femme. Et qui l'a invité à s'occuper de nos âmes! J'admire qu'il puisse être si timide dans les actes ordinaires et intervenir en même temps avec une telle audace dans nos vies. Il reprend sans se préoccuper de ma réaction :

— Une orgueilleuse. Le scandale la flatte. Elle s'entête parce que la ville la regarde et l'écoute.

Il tire peut-être son courage de ce qu'il n'a pas à me regarder en face. C'est possible que Madeleine tienne tête à la ville. Je connais son orgueil mieux que personne. Mais je lui connais aussi des motifs plus graves, plus profonds. Que sait-il de Madeleine ce gros homme qui la juge ainsi, qui, de par son état, ne peut connaître la femme?

— Elle refuse son devoir parce qu'elle s'y croit supérieure. Elle ne respecte que son intérêt.

— Lui avez-vous dit tout cela?

— Oui, et elle ne m'a même pas écouté. Elle m'a éconduit sans en avoir l'air.

Je n'ai pas de peine à imaginer le jeu de Madeleine. Tête haute, l'air absent. Puis : « J'ai rendez-vous dans cinq minutes. » Ou : « Je dois prendre un bain avant dîner. »

— Vous ne pouvez tolérer un être libre autour de vous.

J'ai dit cela sans méchanceté. Une constatation froide.

— Personne n'est libre de scandaliser. La liberté ne consiste pas à se soustraire aux lois naturelles et divines.

— Pour moi la liberté c'est de pouvoir se rendre au bout de son bonheur.

— Je ne vous entends pas.

— Le bonheur d'un être est plus précieux que votre indignation.

Le curé tourne sa grosse figure vers moi. Il est piqué. Il ne prévoyait sans doute pas ma réaction.

— À ce compte-là, vous justifieriez le meurtre par le bonheur que l'assassin en retire.

— Je ne crois pas que le meurtre rende heureux. Comme prêtre vous fermez les yeux tous les jours à des mourants. Vous est-il possible de les juger à ce moment-là aussi sommairement que vous venez de le faire pour ma femme ?

— Ma tâche est terminée à ce moment-là. Ils se présentent devant un autre Juge.

— Pourquoi jugez-vous alors, quand vous ignorez même quel sera ce jugement qui vous dépasse, quand vous ne savez même pas si ses canons sont les mêmes que les vôtres.

— Nos lois, c'est Lui qui nous les a dictées.

— Ses plus importants commandements parlent d'amour.

— Vous n'ignorez pas ce qu'Il a dit du scandale.

— Il a épargné la femme adultère.

— Je ne condamne pas l'âme. Je condamne l'acte scandaleux. J'ai charge d'âmes et lorsque je me présenterai devant Dieu j'en devrai rendre compte.

— Vous croyez qu'Il vous chargera des âmes qui se seront damnées parce que vous n'aurez pu les sauver ?

Ma question le trouble. Il regarde droit devant lui et ses mâchoires frémissent. Puis, après un silence :

— Oui, je le crois. Ou alors il n'y aurait pas de risques à notre état.

— Il y a peut-être de l'orgueil dans cette attitude ?

Il fait silence de nouveau, réfléchit péniblement.

— Il est facile de succomber à la tentation de l'orgueil dans notre état. Mais on ne peut être orgueilleux devant un mourant. Je ne donne l'extrême-onction qu'en tremblant. Chaque mort me fait tout remettre en question. Je n'ai aucune sécurité. L'orgueil serait d'être sûr de réussir.

— L'orgueil peut aussi être de croire que Dieu vous a chargé de ces âmes, qu'il vous a choisi vous plutôt qu'un autre.

Il me regarde et je sais sans le voir que ses yeux sont douloureux.

— Mais en choisissant d'être prêtre je choisissais justement de me charger d'autres âmes. Cela ne signifie pas que je m'en croie plus digne qu'un autre.

— Choisir de faire son salut en le rendant dépendant du salut des autres ne vous paraît pas être de la présomption?

— C'est un appel que nous acceptons avec humilité.

— Et vous n'avez jamais pitié au point de permettre le péché. C'est le soin de votre propre salut qui vous rend inflexible. Il n'y a aucune charité dans cette attitude. Ce n'est pas pour le salut des autres que vous tremblez.

La même expression douloureuse lui chiffonne le visage. Son humilité est authentique. Il me répond en baissant la voix:

— Pour le prêtre comme pour les autres hommes, le premier devoir est d'assurer son propre salut. Vous parlez de pitié. Ce serait nous perdre nous-mêmes que d'avoir pitié au sens où vous l'entendez. Il ne nous demande pas le prix de notre propre damnation.

— Et si le premier devoir était d'être heureux?

Il n'a plus aucune hésitation.

— Je n'ai jamais cru et je ne croirai jamais au bonheur sur terre. Et je doute que vous-même puissiez y croire en étant médecin.

Je suis moins honnête que lui: je ne réponds pas.

Nous arrivons devant l'hôpital. Il ne descend pas tout de suite. Il a encore quelque chose à me dire.

— Je ne sais si vous le comprenez mieux maintenant, mais mon devoir est de mettre fin au scandale causé par votre femme. Je vous avertis loyalement que j'emploierai tous les moyens honnêtes, même si je dois vous forcer à quitter la ville. Tout le monde est au courant des agissements de madame Dubois et en parle. Et personne ne comprend votre attitude. Notre conversation ne m'a pas éclairé là-dessus.

— J'ai pitié, monsieur le curé. Je pardonne l'adultère, moi aussi.

Il me regarde sans indulgence. Ce n'est plus le regard du prêtre, mais celui de l'homme, de l'homme qui se révolte devant ce qui lui apparaît peut-être comme une lâcheté. Puis il s'en va et je le vois monter le grand escalier, les épaules ployées, branlant le chef.

Je l'admire un peu parce qu'il est humble, loyal. Il n'a pas pitié et ne comprend pas la pitié parce qu'il est de leur race à eux, dur, courageux et cruel pour les faibles.

## 2

Je suis glacé. Le vent pénètre de partout dans la vieille voiture et la chaleur que dégage la chaufferette s'arrête sous le tableau de bord. Les vitres sont couvertes de frimas à l'intérieur comme à l'extérieur et je dois passer la main sans cesse dans le pare-brise pour voir la route. Mais je suis solide. Même en pleine nuit, au sortir du lit, je résiste aux coups du froid.

Je reviens de faire un accouchement à la campagne, du côté du réservoir d'eau. La figure qu'avaient les femmes lorsqu'elles m'ont vu arriver à la place du docteur Lafleur. Le vieux médecin n'est plus capable de courir la campagne en hiver. Il souffre de troubles de la circulation et est toujours gelé. Lorsqu'on l'appelle quand même de la campagne il dit qu'il va y aller et me demande de m'y rendre. C'est sa façon à lui de m'aider, discrète et efficace. Depuis quelques semaines, je ne soigne que ces clients-là et mes malades chroniques de l'hôpital. On a fait le vide autour de moi en très peu de temps. La consigne a fait le tour de la ville et de la campagne et tout le monde se serre les coudes. Si bien que je ne pourrai rien rembourser à Arthur Prévost en février si cela continue ainsi. Et Madeleine a un besoin d'argent plus grand que jamais. Pour éviter de l'humilier j'ai fait inscrire son nom sur mon compte à la banque et elle n'a qu'à signer un chèque. Mais je tiens le coup. Je pourrai toujours emprunter de nouveau à la banque pour éviter le désastre.

Lorsque j'arrive ainsi chez des gens où on attend le docteur Lafleur, je suis accueilli par des figures sinistres. On me laisse entrer parce qu'on a quand même besoin d'un médecin, mais si je m'enlisais devant leur maison en sortant ils pourraient me contempler durant une nuit entière sans lever un doigt pour m'aider et sans m'offrir l'hospitalité. Pour cette raison j'ai décidé ce soir de ne plus utiliser ma voiture. Le risque est trop grand. Je prendrai dorénavant celle du docteur Lafleur qui a des pneus à neige et est de cette année. Et ces gens-là ne payent pas. Depuis que je réponds à leurs appels je n'ai pas reçu un seul chèque. J'ai vu l'un d'eux au marché hier, vendredi. Il a dû rentrer chez lui avec une grosse liasse de billets de banque, mais il ne s'est pas présenté au bureau.

Il est onze heures. Je n'ai perdu que deux heures. Dans l'état des chemins c'est un exploit. La neige a cessé, mais le vent rage toujours. La radio a annoncé que le mercure descendrait à vingt-cinq au-dessous de zéro durant la nuit. Je conduis la voiture au garage et je reviens vers la maison, tête baissée. Quelqu'un crie mon nom. C'est Jim qui sort de sa cabane, sans par-dessus, les mains dans les poches. Il traverse la rue sans se presser, sans manifester en rien que le froid le touche. À ma hauteur il tourne les talons et revient sur ses pas avec moi.

— Pas chaud ! D'où venez-vous comme ça ?

— Du côté du réservoir.

— Hé bien ! Vous avez appris à conduire pour en revenir. Il y a de méchantes pentes dans ce coin-là.

Jim est devenu mon ami. Il a peut-être vu en moi une mollesse qui nous apparente, une âme sœur. Il est le seul à me parler dans la rue sans rougir et sans baisser les yeux. Il n'a rien à perdre. D'ailleurs, il ne me protège pas. C'est un observateur. Il s'étire, bâille un coup.

— Je vais me coucher. Vous lui direz que je n'irai pas le reconduire. C'est pas un temps pour les hommes.

Il touche sa casquette pour me saluer et glisse vers sa cabane en se dandinant. *Lui,* c'est Richard. Il était à la maison lorsque je suis parti vers neuf heures. Il y est encore. Jim l'aurait vu sortir. Tous les quinze jours il a congé le samedi.

Dès que j'ai refermé la porte, les voix se taisent en haut. Je monte l'escalier lentement, par délicatesse. Ils sont assis sur le divan. Elle, les jambes repliées sous elle, nerveuse. Lui, gauche, trop grand et trop fruste pour ce divan rose, timide et ne sachant trop ce qui lui arrive. Lorsque j'entre il regarde toujours à ses pieds, le visage pourpre. Madeleine a toujours l'air de dire : « Fais vite. Tu ne vois pas que tu le gênes ! » Moi j'ai toujours un léger choc en les voyant ainsi. Ma pitié ne me soutient pas sans cesse. C'est plus difficile lorsque Madeleine ne pleure pas. Parfois, je m'assois dans mon fauteuil gris et je lis un journal. Pour rien. Pour les embêter. La première fois que j'ai fait cela, Madeleine a voulu m'ignorer et a tenté de poursuivre la conversation avec l'autre, mais il ne répondait rien et regardait ses souliers. Il aurait pu m'envoyer au plancher d'une seule main. Je crois qu'il se sentait mauvaise conscience. J'abaissais mon journal et le regardais. Il souffrait en silence, les yeux baissés, sentant bien que je l'examinais. Ensuite, Madeleine a fait comme lui. Elle s'est tue. Mais elle, elle ne baissait pas les yeux sous mon regard et c'est moi qui cédais. Je prenais la bouteille de whisky et je descendais au bureau pour remonter lorsque Richard était parti. Je me suis fait une vie paisible ainsi. Il y a un sanctuaire : mon bureau, où personne ne pénètre que moi. Là, je vis doucement avec le whisky et, parfois, un livre. Je ferme la porte de la petite salle et celle du bureau. Je n'entends rien de ce qui se passe en haut et je vis au compte-gouttes, m'habituant à ne pas penser, à exister seulement, si peu que ce soit. J'ai repris ma tactique de l'inertie. Je n'ai pas de joies profondes, mais je ne souffre que superficiellement, d'une souffrance chronique que j'ai apprivoisée. Parfois il y a recrudescence.

Madeleine s'est transformée dès le lendemain de Noël, renforcée peut-être par mon renoncement. Elle s'est mise à vivre son amour au grand jour, traînant à sa suite un Richard hébété, paraissant toujours marcher sur des charbons ardents.

À la maison, elle a adopté une attitude qu'elle n'a pas quittée depuis : une gaieté froide, avec des sourires de commande, des sourires de la bouche seulement. Elle est avec moi d'une délicatesse extrême, qui va jusqu'à me faire acheter du whisky par Thérèse. Elle m'entretient dans ma neutralité. Je crois qu'au fond elle me méprise un peu parce que je parais n'avoir pas attaché un prix bien grand à sa fidélité. Je ne peux quand même pas lui expliquer ce qui m'est arrivé, que je nourris ma pitié avec du whisky, que je n'ai pas le tempérament d'un ivrogne. Alors, je ne dis rien. Je me retranche dans mon sanctuaire et je m'injecte de l'indifférence.

La première fois que j'ai vu Richard à la maison, il s'en est fallu de peu que mon impassibilité si péniblement acquise ne s'effondrât. Madeleine, la tête haute, affectait de ne rien voir d'étrange à notre réunion. Elle nous présenta. Je ne saisis pas la main tremblante qu'il m'offrait, une main puissante et nerveuse qui demeura tendue, toute penaude, puis retomba lentement le long du corps. Je n'étais pas méchant, mais le petit-bourgeois qui m'habitait encore avait un sens bien arrêté des convenances. Ce soir-là j'ai été boire chez Kouri, dans son bureau à l'arrière du restaurant. Un homme sensible Kouri. Il a placé deux bouteilles sur son pupitre, a refermé la porte sur moi et s'en est allé pour la soirée. Il est revenu vers minuit pour boire un verre avec moi sans mot dire. Avant que je ne le quitte, il m'a serré la main. C'est tout.

Je me suis emporté une autre fois depuis, mais pas contre Madeleine. Arthur Prévost m'a demandé d'aller le voir la semaine dernière. Oh! Il n'était pas content le gros marchand. La sévérité lui donnait un air presque noble.

— Vous comprendrez que la situation que vous occupez comporte d'énormes responsabilités.

— Lesquelles?

J'étais un peu énervé et j'avais parlé d'une voix déplaisante. Le gros homme avait arrêté net sa tirade, m'avait regardé, hésitant encore à se fâcher, puis avait repris:

— Vous ne pouvez absolument pas vous laisser toucher par le scandale. En vous compromettant vous nous compromettez tous et nous serons obligés de vous abandonner. Il me semble que vous devriez avoir le sens de la solidarité. Que diable! vous n'êtes pas un enfant!

— Que me reprochez-vous?

La voix doucereuse tout de suite comme pour éviter de me blesser, de débrider la plaie trop brutalement:

— Vous le savez bien. Votre femme se conduit avec vous d'une façon ignoble. Je ne veux pas la juger,

Dieu m'en préserve! Mais, enfin, elle vous trompe publiquement.

— C'est à elle qu'il faut le reprocher, non à moi.

Arthur Prévost ne savait plus du tout comment me prendre. Il ne savait pas encore si je me moquais de lui ou si la douleur me faisait errer.

— Votre propre conduite… heu… est assez étrange. Nous ne comprenons pas votre attitude qui prête à… à discussion.

— Que voulez-vous dire?

J'avais la voix sifflante, cette fois, il s'en est rendu compte. Il a abandonné une délicatesse qui le gênait aux entournures.

— Mais quand on est un homme on ne tolère pas l'amant de sa femme chez soi. Tout le monde vous lâche à ce point-là. Mais vous n'avez aucun orgueil!

— J'ai celui de ne plus vous écouter. Je ne suis pas un enfant.

Là, Arthur Prévost retrouva sa voix naturelle. Ce n'était pas du chantage. Disons qu'il parlait affaires.

— J'ai les moyens de vous briser! Je m'intéresse à vous, je vous aide, je vous mets en garde et vous le prenez sur ce ton. Nous nous reverrons, docteur. Et vous aurez peut-être la tête un peu moins haute.

Il sait que la clientèle m'a lâché. Il attend l'échéance. Ce ne sera pas encore ce mois-ci, ni le suivant. Il y a la banque et, à la rigueur, il y a le docteur Lafleur et son argent d'honnête homme. Je le ferai attendre aussi longtemps que je pourrai. Ensuite…

ensuite nous verrons. En quelques mois il peut arriver tellement de choses. Je peux me décider à lever le camp. Ma pitié peut se tarir. Je peux devenir un homme !

Ce soir, Madeleine me dit bonsoir. Elle sait que je rentre d'une visite à la campagne. Je le lui ai dit pour qu'elle ne s'inquiétât pas si une panne m'avait retenu une partie de la nuit. Cela l'attendrit. Pas un mot de Richard. Je vais tout de suite dans la salle à manger. Il y a une bouteille intacte dans le buffet. Je repasse devant eux sans la dissimuler. Nous n'en sommes plus à nous cacher quoi que ce soit. Puis je gagne la pénombre de mon bureau que la nuit glacée teinte d'une poudre lunaire. Là je m'abîme dans une contemplation qui me vide de ma substance, me donne l'immobilité des objets. Une autoneige, qui passe dans la rue avec un vrombissement de quadri-moteur, me tire brutalement de mon extase. L'air est encore agité deux minutes après son passage, puis la tranquillité retombe comme une poussière, mais j'ai du mal à refaire le vide en moi. Ma conversation avec le vieux curé me revient par bribes.

« Personne ne comprend votre attitude. » Et son regard d'où n'était pas absente une certaine répugnance. Je sais depuis le début que personne ne me comprendra et je ne m'y attends pas. Mais j'ai cru une seconde qu'il saisirait, lui. Moi aussi j'ai charge d'âme. Je me tiens responsable de Madeleine, non pas de son salut, mais de son bonheur. Et moi aussi je ne peux m'acquitter de ma tâche qu'avec humilité. Je réussis moins bien que lui parce que, moi, c'est un peu plus sur le plan physique. J'ai des bouffées d'orgueil et de désir. Il n'y a pas qu'une âme en Madeleine, il y a aussi un corps que j'aime, qui me ferait chavirer tous les soirs n'était le whisky, mon viatique sur la route pleine d'embûches de la pitié. Le désir du corps de Madeleine, je ne peux m'en libérer d'aucune façon. Et lorsque je suis en proie à ce désir, l'orgueil sourd de moi tout naturellement. La présence de Richard me brûle et je hais Madeleine. Si j'avais une arme dans la maison, je serais capable un jour, dans ces moments-là, de me faire justice. Hé oui ! il faut du courage pour maintenir la pitié, pour continuer à porter l'âme de Madeleine, à veiller à son bonheur. C'est un entraînement aussi difficile que celui de n'importe quelle vertu. Mais le vieux curé ne m'a pas entendu et il a réagi comme tous les autres hommes, en méprisant ma vertu.

Je continuerai quand même. Je suis sûr, moi, de ne pas me tromper. Et qu'on ne désigne pas le whisky du doigt ! Lorsque mon entraînement sera terminé, j'abandonnerai. D'ici là j'en ai besoin, parce que je ne suis qu'un homme et que je m'évite ainsi de pécher, de succomber à la tentation de l'orgueil. L'alcool me rend sage, abolit ma dureté, ouvre toutes grandes les écluses de ma pitié. Autrement, je renoncerais peut-être à l'apprentissage de la sainteté.

Tous les soirs, je bois et peux ainsi assister à ma

propre vie en témoin de l'extérieur. Depuis mon mariage, c'est une histoire bizarre. Je vois bien que je n'ai pas tiré moi-même toutes les ficelles. Plusieurs me sont tombées des mains. Madeleine n'avait qu'une faible partie de celles-là. Qui actionnait les autres? Je n'ai pas encore trouvé. Je ne sais pas non plus quelle sera l'issue de tout cela parce que ma part de décision est nulle. Serait-elle plus grande que je n'interviendrais pas davantage, même en m'agitant. Oh! je ne suis pas fataliste, mais je commence à avoir le sens de la réalité. Il y a très longtemps que je n'ai plus vingt-sept ans. J'ai mûri d'un coup au début de l'été. Est-ce que je pourrai attendre jusqu'à l'automne, comme les autres, pour la chute en terre?

Madeleine, elle, a conservé sa jeunesse, mais si son expérience actuelle ne réussit pas, et je ne crois pas en son succès, elle brûlera très vite elle aussi. Elle me dépassera sans doute parce qu'elle est plus inflammable que moi. Je suis torturé de la même angoisse que mon ami le vieux prêtre. Je ne sais pas et n'ai aucun moyen de savoir si l'âme dont je me suis chargé sera sauvée. Mais moi, je lui laisse la bride sur le cou. Je ne la retiens pas dans la voie étroite. Je lui permets de se damner. Elle se passera bien de mon autorisation. Madeleine n'est pas de nature docile. Mais, enfin, je n'interviens ni dans un sens ni dans l'autre.

Je crois Richard trop jeune et trop lourd pour l'aimer vraiment. Il se laisse porter par elle. Je doute aussi qu'il la domine. Il est trop lent. Madeleine fuit entre les mains comme une eau. Qu'est-ce qui a séduit ma femme en ce garçon fait pour couper des arbres en forêt et avoir une famille de quinze enfants ? Je ne sais. La force physique sans doute. Et puis, peut-être aussi, sa nature primitive, son caractère de bon sauvage assez près de l'enfance. Cela s'apparente à son goût pour le cinéma et la musique des juke-box.

La porte s'ouvre au haut de l'escalier. J'entends la voix de Richard, pleine de vibrations graves, et le chuchotement de Madeleine. Un silence, puis leurs pas dans l'escalier. Je me verse à boire. Je n'aime pas ce silence qui précède toujours leurs pas dans l'escalier.

J'ai oublié le message de Jim. Je me lève avec ennui. Je sais que le rideau se relève lorsque je suis sorti de scène. Je me tiens très droit. Je supporte beaucoup mieux l'alcool. J'ouvre mes deux portes. Richard est devant moi qui me dépasse de deux têtes, noir, beau comme une affiche de cinéma. Madeleine est demeurée dans l'escalier et je vois dans ses yeux cet éclat effaré qu'elle a toujours lorsqu'elle vient de le quitter. J'ai un léger pincement au cœur.

— Jim est couché. Il ne veut pas sortir par un pareil temps.

Richard ne répond rien. Il se sent trop grand pour moi.

— Qu'est-ce qu'il va faire ?

Madeleine s'inquiète.

— Passe-lui la voiture. C'est demain dimanche. Tu ne vas à l'hôpital que très tard.

Autre léger pincement. Une bouffée d'instinct de possession. Mais je me fais une raison. Je lui passe les clefs et je rentre dans le bureau. L'air y est encore troublé. J'entends la porte se fermer. Quelques instants plus tard, c'est la voiture qui recule dans la rue, puis les trois paliers des vitesses et plus rien. Madeleine a regagné l'appartement durant ce temps. Elle va s'endormir avec son rêve qui la laisse effarée, qu'elle ne peut réussir à éteindre.

Elle recommencera demain. Ce coup-ci elle montre de la ténacité. Elle est peut-être décidée à en finir, à voir au fond des choses une fois pour toutes. Madeleine n'est pas de celles qui renoncent à être satisfaites. Elle ira au fond des choses, forcera la réalité à épouser son rêve, aussi longtemps qu'elle le pourra. Elle ne craint rien, ni personne. Et une imprudence lui coûte peu.

Je voulais lui parler de l'avertissement du curé, non pas pour l'intimider, mais parce qu'il peut facilement la vaincre. Elle n'est pas de taille. Mais à quoi bon ? Elle ne m'écoutera pas plus qu'elle ne l'a écouté. Elle n'abandonnera pas son orgueil pour si peu.

# 3

Madeleine erre dans la maison, les yeux perdus, roulant nerveusement un mouchoir dans sa main. Même Thérèse ne peut la tirer de l'extase hagarde où elle s'enferme depuis quelques jours. Elle passe devant vous et ne vous voit pas. Si vous lui parlez, elle sursaute. Elle passe de longues heures accoudée à la fenêtre, sans bouger presque. À table, elle ne mange pratiquement rien. Et elle ne dort pas, elle qui a toujours dormi dix ou douze heures d'affilée. Sa santé m'inquiète, mais elle se refuse à tout examen et n'accepte pas les somnifères que je lui offre le soir. Elle veut se débattre seule et refuse tout secours, d'où qu'il vienne.

J'espérais qu'elle se détendrait un peu aujourd'hui. L'une des plus belles journées d'hiver que nous ayons eues. Le soleil met partout des cristaux et l'air sent le fruit frais. Elle n'est même pas sortie. Même Jim est sorti de sa léthargie. Je l'ai vu à deux reprises accepter des clients en sortant de chez Kouri.

Je suis désœuvré moi aussi. Depuis samedi dernier je n'ai eu que mes visites à l'hôpital le matin et une circoncision. Pas un seul client au bureau. Aucun appel. Et c'est aujourd'hui jeudi. Je réussis assez bien à tuer le temps le soir, mais, dans le jour, je ne sais où me mettre. J'observe Madeleine et je souffre de ne pouvoir l'aider.

La ville a bien travaillé. Elle resserre son étau sur nous, si bien que nous sommes comme deux fauves en cage dans l'appartement que nous ne quittons pas. Quelques jours encore et nous serons acculés au mur. Je suis passé à la banque hier. On refuse de me prêter. Je ne dispose plus que de trois cents dollars environ, qui dureront à peine quinze jours. Je n'avais comme garantie que mes comptes impayés. Ils sont chez Arthur Prévost. Pour lui l'échéance tombe la semaine prochaine. Je ne peux me résoudre à implorer l'aide du docteur Lafleur. Je ne suis pas assez sûr de pouvoir m'acquitter de nouvelles obligations.

Mais c'est Madeleine qu'ils ont atteinte le plus cruellement. Le curé, Arthur Prévost et d'autres personnalités. Si on a demandé au docteur Lafleur d'intervenir, je sais qu'il s'est récusé. Le curé a fiancé hier Richard Hétu à une jeune fille qu'il a dénichée je ne sais où. Un homme énergique le curé. Il ne perd pas son temps. C'est Thérèse qui m'a appris la nouvelle. Il semble que Richard ait longtemps vu cette jeune fille avant de connaître Madeleine. Mieux encore, elle est nièce d'Arthur Prévost. Un beau mariage pour le printemps. Richard est beau. On trouvera encore que sa fiancée a de la chance.

Madeleine a certainement appris la nouvelle. Elle n'a pas revu Richard depuis samedi. Le lendemain, c'est un compagnon de travail qui a ramené la voiture. Pas un mot de lui. Elle a téléphoné lundi et quelqu'un, la mère de Richard ou une parente, l'a grossièrement injuriée. Et voilà le rêve de Madeleine crevé comme une baudruche. Il suffisait que quelques hommes énergiques s'occupassent de son bonheur, du mien et de celui de Richard. Je ne sais pas encore si tout cela ne me réjouit pas au fond de moi-même. On m'a enlevé un poids d'un côté, mais trop brutalement : il a glissé de l'autre. Je n'ai jamais vu Madeleine si désemparée, si démunie. Elle n'est pas femme à prononcer le *fiat* d'acceptation. Elle tire sur sa chaîne et nul ne peut prévoir où son bond la conduira si la chaîne se rompt. Elle mordra certainement. Je sais que ses dépressions se terminent toujours par une coulée de lave, par une éruption imprévisible. Et l'abattement où elle se trouve est trop profond pour ne pas m'inquiéter.

Si on pensait que le coup la ferait se rejeter sur moi, on n'a qu'à venir la regarder tourner en rond. Je suis complètement absent de ses pensées. Elle n'est pas redevenue madame Dubois parce qu'on l'a dépossédée. Les retours au bercail, ça n'entre pas dans ses images d'Épinal. Elle ne pleure pas non plus. On l'a atteinte au-delà des larmes, à une profondeur intouchée jusqu'ici. Elle vibre. Elle vibrera longtemps encore peut-être, puis il y aura un déclic, un rebondissement.

Thérèse vient lui demander ce qu'elle veut manger au dîner. Elle ne répond que par un geste vague de la main. Thérèse me regarde, hoche lentement la tête et s'en va, pleine de commisération. Si Madeleine persiste ainsi, Thérèse est capable de pleurer pour elle.

Je ne peux rien lui dire et elle n'attend pas la consolation de moi. Je la regarde se consumer, attentif seulement à ne la point troubler, à prévoir ses mouvements. Ce n'est plus de la pitié que j'ai pour elle, c'est le regard froid du clinicien. Je surveille l'incubation.

— Je vais au cinéma ce soir.

Je ne savais pas qu'elle pouvait avoir encore une telle force dans la voix. Ce n'est pas pour moi qu'elle a parlé, mais pour Thérèse qui lui répond de la cuisine, avec son extraordinaire enthousiasme. Est-ce que cela va se résorber au cinéma? Ou cherchera-t-elle sur l'écran l'image de Richard? Je trouve rassurant qu'elle invite Thérèse. Le seul antidote qui puisse encore agir sur elle.

Au dîner, elle boit un jus de fruit et c'est tout. Elle nous regarde manger et nous sommes d'une grande sobriété, de crainte peut-être de lui donner la nausée. Au dessert, elle annonce soudain:

— Je prends le train demain. Je vais voir maman.

Elle parle sans nous regarder et c'est émouvant comme d'entendre un aveugle.

— Je peux t'y conduire en auto. Je n'ai rien à faire.

— Non laisse. La clientèle reviendra peut-être durant mon absence.

Ses premiers mots amers, et dits d'une voix blanche qui n'est pas en accord avec eux.

— Je te jure que ça me ferait plaisir de t'y conduire.

— Je me fatigue moins en train.

Je n'insiste plus. Elle ne tient évidemment pas à ma compagnie. Je ne trouve pas mauvais ce projet de visiter sa mère. C'est encore dans ce milieu-là qu'elle se remettra le plus rapidement parce qu'elle y a toujours vécu. Avec moi, elle est encore dépaysée.

— Tu resteras longtemps…

— Le plus longtemps possible.

La même voix blanche qui, avec la fixité du regard, lui donne l'air d'une hallucinée.

— Tu peux y passer un mois, si tu veux. Cela te fera du bien.

Elle me regarde tout à coup, longuement et je vois l'eau affleurer dans ses yeux puis disparaître. Cela dure une seconde peut-être.

— Je verrai rendue là. Peut-être une semaine, peut-être un mois…

— Tu peux amener Thérèse, si tu veux.

Thérèse m'offre des yeux qui crient la gratitude.

— Non. Je préfère être seule.

Thérèse est quand même contente. Et puis, elle comprend, elle comprend tout cette fille que je n'ai jamais vu souffrir.

Je lui ai proposé de prendre Thérèse parce qu'elle

me fait peur. Je ne la vois plus seule avec sa mère maintenant. C'est un mal pour lequel sa mère ne peut rien, elle moins qu'une autre encore.

Madeleine se lève de table et va s'habiller pour sortir, sans enthousiasme, sans joie. Elle va au cinéma sans y croire.

# 4

Il est sept heures du soir. Un client sort de mon bureau. Un vieux rhumatisant. On a oublié de lui dire sans doute. C'est égal. Je suis heureux. J'ai l'impression d'avoir rompu l'étau, de le déborder. Je fête ça par une lampée de whisky et je suis presque gai. Un autre client encore et je croirai triompher. Il neige de nouveau aujourd'hui. Par la fenêtre qui donne sur le côté de la maison, je vois Jim faire les cent pas devant sa cabane. Les mains dans les poches, il passe dans la neige comme une grosse ombre menaçante. Est-ce qu'il aurait envie de travailler ? Il doit plutôt essayer de digérer la cuisine huileuse de Kouri qu'il goûte tous les jours. Il est trop paresseux pour se couper même une tranche de pain.

Le train de Madeleine part dans une demi-heure. Elle m'a dit qu'elle passerait me voir au bureau, que ce n'était pas la peine de remonter. L'inaction me pèse. Je décide de sortir la voiture du garage et de la garer devant la porte. Jim me salue d'un geste mou de la main.

— Tu ne vas pas travailler dans cette neige!

Il me regarde de ses petits yeux porcins.

— Pour digérer, peut-être.

— Si tu as besoin d'une consultation…

— Vous allez chercher les clients dans la rue maintenant!

— Comme toi, Jim. Comme toi. Je suis poussé par la faim.

Il rit lentement, sans en avoir envie.

— J'ai vu sortir un vieux tantôt. C'était un client?

— Oui. Un qui ne savait pas.

Jim se passe la main dans la figure pour simuler l'émerveillement ou parce qu'il a besoin de se frotter. Je le laisse.

Lorsque je rentre au bureau, Madeleine est déjà là. J'ai vu Thérèse au haut de l'escalier, le visage inondé de larmes. Elle ne sait pas que je devrai la congédier durant l'absence de Madeleine, pour économiser.

Ma femme est toute blanche, les yeux fiévreux, les lèvres sanglantes.

— Je viens de sortir la voiture du garage.

— Ce n'est pas la peine, je m'en irai avec Jim.

— Mais non, mais non! Tu ne vas pas me laisser pour un mois et m'empêcher de te reconduire à la gare!

— Tu as eu un client. Il en viendra peut-être d'autres. C'est pas le moment de les rater.

Elle parle avec une conviction à laquelle je ne veux

pas résister, de crainte de la rendre maussade. Elle a les yeux pleins d'eau, elle aussi, et elle fait la lippe.

— Hé bien ! Embrasse-moi.

Elle se laisse tomber sur ma poitrine et les larmes coulent. Je la sens qui fait effort pour se maîtriser. Puis elle me dit d'une voix sourde que je ne reconnais pas :

— Pardonne-moi, Alain. Pardonne-moi pour tout ce que je t'ai fait. Je te jure que je n'ai jamais voulu te faire mal.

J'essaie de la calmer. Elle ne pleure plus, mais je la sens vibrer contre moi.

— Tais-toi. Tu parles comme si tu partais pour toujours. Tu vas revenir. Nous recommencerons.

J'essaie de rire, mais le rire s'arrête dans ma gorge. Elle s'est redressée toute blanche, les yeux un peu fixes, comme décidée à en finir, à ne plus s'attendrir.

— Bonjour ! Soigne-toi. Je t'écrirai…

Elle est déjà partie et ses derniers mots remplissent la pièce encore, comme maintenus dans l'air par un étrange phénomène. Je me retourne. Elle a déjà hélé Jim qui monte dans sa voiture et recule à petite vitesse vers ma porte. Je la vois qui agite la main une dernière fois derrière la glace. Et le taxi disparaît vers la gare qui est à cinq minutes d'ici.

Je revois le petit visage défait et je suis ému. Pourrons-nous enfin recommencer lorsqu'elle reviendra ? Je lui proposerai d'aller m'installer ailleurs, n'importe où, pourvu qu'elle soit heureuse. Je ne veux plus voir ces yeux noyés dans leur eau. Je ne veux plus voir la souffrance. Nous avons eu notre part. Et l'air ici, sans Madeleine, devient irrespirable, et la ville, avec sa poussière et ses monticules, me repousse sans que je lui résiste.

Le sifflement du train s'étouffe dans la neige. Il reprend dix minutes plus tard et, en prêtant bien l'oreille, j'entends ses pulsations mourir peu à peu. Que Madeleine me revienne avant un mois! La solitude m'est déjà insupportable.

# 5

Jim tourne sa casquette dans ses mains. Il n'a pas refermé la porte derrière lui et le vent s'engouffre dans la cage de l'escalier. Sa bouche tremblote. Je ne l'ai jamais vu ainsi.

— Qu'est-ce qu'il y a Jim?

Il ne relève pas la tête. Il ne me regarde pas. Puis, sa voix qui n'a plus aucune grossièreté:

— Il faut que vous veniez, vite.

— Où? Un malade?

Il acquiesce d'un signe de tête à peine perceptible et retourne dans la rue. Je prends mon pardessus au vol et je descends. Dans la voiture de Jim, je l'interroge:

— Qu'est-ce?

— Un accident.

— Grave?

— Oui.

Je me demande s'il fait la bête ou s'il ne sait rien.

— Mais qu'est-ce que c'est enfin?

Sa bouche qui tremblote encore. Je ne l'ai jamais vu ému. Que se passe-t-il?

— Votre…

Il a vu tout de suite que j'ai compris. Madeleine, que j'ai laissée partir seule avec lui! Mais nous ne sommes pas sur le chemin de la gare.

— Où est-elle?

Là encore je comprends avant qu'il ne me réponde. Nous nous rendons à la maison de Richard.

— Elle est blessée?

Il contracte la lèvre et fait le gros dos.

— Mais parle, tête d'âne! Elle est blessée?

Un mouvement imperceptible de la tête. Je lui saisis le bras et lui crie sans comprendre:

— Morte? Morte?

Il ne répond pas. Morte! C'est impossible. Elle pleurait dans mes bras il y a quinze minutes. On s'est trompé. Madeleine ne peut pas être morte. Je reste stupéfié et refuse d'accepter cette nouvelle. Mais si elle est morte, c'est qu'il l'a tuée, tuée!

— Il l'a tuée, Jim. Hein, Jim, il l'a tuée! Mais parle!

— Non.

— Alors, c'est un accident?

— Non.

— Mais quoi alors? Quoi, Jim?

— C'est elle qui avait l'arme.

— C'est elle qui…

Je m'abandonne sur la banquette. Où a-t-elle pu se procurer une arme? C'est une machination de la ville. On porte le grand coup. On veut m'assassiner. Ses larmes! Je lui ai dit qu'elle me parlait comme si elle partait définitivement. « Soigne-toi. » Son dernier effort pour se redresser. Un revolver. La police. Des gens. Toute la ville a dû l'entendre ce coup de revolver. Et lui?

— Elle s'est tuée elle-même, Jim? Elle-même?

— Oui.

— Et lui? Richard?

— Blessé seulement. Pas grave je crois.

Elle ne l'a même pas tué et la petite sotte ne s'est pas ratée, elle. Avait-elle décidé de se tuer en partant? Ou sa décision n'est-elle venue qu'après avoir tiré sur Richard? Oh! Elle avait tout prévu. Ce voyage d'un mois. Elle lui a peut-être offert de partir avec elle.

Nous arrivons. Il y a un attroupement devant la maison. Je descends et me rends vite au milieu du cercle sans regarder personne.

Elle est allongée sur la neige, dans la position où elle a dû tomber. Personne n'a songé à recouvrir le corps. Il y a du sang gelé dans ses cheveux qui vivent encore dans le scintillement de la neige. Sans y penser, je ferme les paupières. Elles sont froides. Je me relève en ne cessant de la regarder. Une jambe est repliée sous elle. Je l'allonge à côté de l'autre. À son cou, je vois le collier d'agates qui a passé par-dessus le manteau. Je soulève la manche. Elle portait le bracelet aussi. Et je n'avais rien vu lorsqu'elle m'a embrassé.

— Apportez une couverture.

L'assurance de ma voix me trouble. Puis je vois le revolver dans la neige, tout près d'elle. Une arme beaucoup trop lourde pour elle. Comment a-t-elle pu s'en servir ? La police n'est pas encore arrivée. C'est Jim qui me tend la couverture. Une couverture verte. Celle qu'elle eût choisie elle-même.

Je vois tout à coup les visages autour de moi, tendus dans l'ombre. Le regard sans pitié des habitants de Macklin. Il va du corps à moi et de moi au corps. Si la police n'arrive pas, ils peuvent passer toute la nuit là à nous reluquer encore, à attendre de nous d'autres gestes étonnants. Il y a des femmes et plusieurs enfants dans le groupe. On se bouscule aux derniers rangs pour mieux voir.

Je regarde la maison des Hétu, à quelques pas. Il y a de la lumière à toutes les fenêtres. Celui-là vit encore. Il n'intéresse pas. Il sera encore là demain. C'est de l'étrangère et de moi dont on se repaît.

Puis le son strident de la sirène naît tout à coup dans le paysage. Il s'enfle lentement et mon cœur accélère sa course à mesure qu'il se rapproche, comme si j'étais le coupable, comme si c'était moi qui avais troué la tête rousse. Le cercle s'élargit lorsqu'ils arrivent. Ils sont deux. L'un commence déjà à chercher des témoins. L'autre, un genou en terre, trace un croquis de la position du corps et de l'arme. Ils sont méthodiques, froids. Ils travaillent.

Il n'y a qu'un témoin : Jim. Ils dispersent les curieux et l'un d'eux s'en va interroger les Hétu tandis que l'autre monte la garde à côté du corps. Jim lui fait son récit.

Madeleine lui a demandé de la conduire chez les Hétu en passant devant la gare pour me tromper. Devant la maison, elle a donné un billet de cinq dollars à Jim et elle a refusé d'attendre la monnaie. Elle laissa sa valise dans la voiture en disant à Jim qu'elle le rappellerait plus tard. Intrigué, Jim a roulé un peu, puis il a viré et est revenu devant la maison, les phares éteints. Richard sortait de la maison. Ils devaient avoir un signal convenu. Dès qu'il fut dans le rectangle de lumière d'une fenêtre, elle a tiré. Richard est tombé. Puis Jim a entendu aussitôt après la deuxième détonation. Madeleine était dans l'ombre et il ne l'a pas vue. Quelques secondes. Et elle est morte. Et il vit. Jim, notre plus ancien témoin, n'a pas manqué ce dernier spectacle. Je l'écoute avec indifférence presque, comme s'il parlait d'une autre que Madeleine. Il me suffit de ne pas regarder les souliers qui dépassent sous la couverture pour ne pas croire à cette histoire. L'autre agent revient vers nous. Ils se parlent un peu à l'écart. Puis tous deux soulèvent Madeleine et la déposent à l'arrière de leur camionnette. En se refermant, la porte fait un bruit effroyablement quotidien.

C'est à ce moment-là que quelque chose se détache de moi et laisse un grand vide où pénètre la morte. Madeleine a le dernier visage que je lui ai vu, les yeux noyés sous l'eau, indiciblement blanche, se redressant une dernière fois pour accomplir son destin, une dernière bouffée d'orgueil lui donnant la force de faire ses derniers gestes. Cette image-là survivra quand toutes les autres se seront flétries. Son masque poignant. Ou peut-être n'avait-elle plus de masque enfin. Je lui avais tout pardonné. Même ma chair, pour la première fois, oubliait. Ma vague de pitié se résorbait dans l'amour que je n'avais jamais cessé de lui porter. Et c'est à ce moment-là qu'elle est allée se tuer comme une enfant se jette à l'eau. Elle s'est donné la liberté définitive. Je suis sûr que lorsqu'elle a tiré son haïssable petite fierté lui allumait les yeux. Elle est morte en animal indompté, sans penser peut-être que la mort dure toujours, qu'elle ne pourrait pas me revenir ensuite. A-t-elle porté le bracelet et le collier pour affirmer son dernier choix? Je ne sais, mais elle ne l'a certainement pas fait sans intention. Elle me dit peut-être ainsi ce que, vivante, elle n'eût su me dire, parce qu'elle n'avait pas d'humilité.

Jim me pousse le bras pour m'inviter à rentrer chez moi. Dans la voiture je regarde encore l'endroit où elle est tombée et c'est en moi une déchirure profonde où je puis l'accueillir. J'ai les chairs à vif et je pleure.

Jim renifle bruyamment. Par sympathie ou par besoin. Je ne le saurai jamais. Je ne savais pas qu'il pouvait avoir une telle décence. Il a quand même conservé un peu de dignité très loin dans son âme. Elle émerge dans les occasions extraordinaires. Il me faudra avoir pitié de Jim aussi.

À la maison, Thérèse sait déjà. On a peut-être donné la nouvelle à la radio. Une paisible soirée de février trouée tout à coup d'un si considérable événement. Macklin pourra se mettre quelque chose sous la dent cette nuit. En me voyant, Thérèse, qui pleurait déjà sans doute, éclate en sanglots. Je la laisse seule dans la cuisine pour retrouver le fauteuil gris dans lequel j'ai pansé presque tous les coups que Madeleine m'a portés. En face, il y a le divan rose où la voie de Madeleine a commencé à bifurquer, où s'est joué le deuxième acte, celui durant lequel il est encore possible que les héros soient heureux.

La souffrance de la mort de ma femme me pénètre plus lentement que mon amertume, après la trahison. Ai-je réussi à me fermer, à me caparaçonner ? Non. La mort est une réalité trop stupéfiante. Elle vous écrase d'abord, si complètement que la douleur ne vient que plus tard, bien plus tard. Il faut se familiariser avec elle. Jour après jour je constaterai que Madeleine ne revient pas. La maison est encore pleine de sa présence. Il n'est pas facile de croire qu'elle roule, morte, dans une camionnette de police quand le divan rose se creuse encore de son empreinte, quand il y a un peu de poudre de riz répandue sur le tapis de sa chambre et que toutes les pièces sentent Madeleine. Mes yeux s'arrêtent sous la fenêtre. Le petit mouchoir roulé en boule qu'elle a eu à la main tout le jour, comme si elle l'avait laissé tomber en se volatilisant. Le magicien a oublié cet humble témoin. Je le ramasse. Il est imbibé de son parfum, un peu sucré. Chiffon qui ne me restitue rien.

— Comment a-t-elle pu faire cela ?

Appuyée au chambranle de la porte de la cuisine, le visage chiffonné, perdue devant l'absurdité, Thérèse ne s'adresse pas tant à moi qu'elle ne s'interroge elle-même.

Je ne pourrais rien lui répondre d'ailleurs. Nul ne le sait comment on peut faire ce pas-là. Ils me feront peut-être cadeau de l'*aliénation mentale* pour ne pas ternir la réputation de l'élite dont je suis. Aliénée, elle l'était depuis sa naissance, comme moi. On ne lui a pas laissé d'autre choix que d'accomplir ce qui devait être accompli. Elle n'était pas plus libre que je ne l'étais de la doubler, de m'avancer à sa place sur la scène et de recevoir le coup. Qu'est-ce qu'une pitié aussi impotente ?

— Et nous n'avons rien vu… rien su !

Thérèse se heurte à des choses qu'elle ne comprend pas. Elle ouvre grand les yeux dans les ténèbres et est tout étonnée de ne rien voir. Mais moi aussi je suis atterré parce que je n'ai pu rien prévenir, parce que je n'ai pas su déchiffrer le visage de Madeleine, que je n'ai rien vu. Il y a là une stupidité énorme, comme d'avoir laissé tomber une allumette sur un plancher imbibé d'essence. Je ne l'ai quittée du regard que lorsqu'elle a pressé la détente. J'ai fermé les yeux au seul moment où il fallait la regarder. Comme si tout le jour je l'avais soustraite à sa mort et que le soir, par maladresse, je l'eusse poussée dans un trou d'eau.

— En quittant le cinéma hier soir, elle m'avait dit que c'était fini, qu'elle irait chez sa mère et recommencerait… en neuf ensuite.

La grosse fille s'est aperçue tout à coup qu'elle se mêlait de ce qui ne la regarde pas et elle a marmotté les derniers mots. Si elle savait comme la mort de Madeleine a réduit à néant ma vanité. Pour mieux comprendre il faudra bien que je l'interroge un jour sur tout ce que Madeleine lui a confié et qu'elle ne m'a jamais dit à moi. Mais j'ai le temps. J'ai toute la vie pour essayer de comprendre pourquoi Madeleine n'a pas vécu sa vie. Au fond, c'est peut-être tout simple. Madeleine n'a peut-être jamais cru réellement au revolver. Ce n'est qu'en voyant tomber Richard qu'elle a su qu'elle venait de jouer à la grande personne. Et, dans l'affolement, elle a continué de jouer à la grande personne et a fait ce que les grandes personnes font dans ces occasions-là, un acte définitif. On ne saura jamais, jamais.

Thérèse emplit la pièce d'un convulsif sanglot d'incompréhension. Je voudrais lui dire qu'il n'y a rien à comprendre, que la mort n'a pas plus de sens qu'une pierre, que mieux vaut continuer de vivre en fermant les yeux. Mais elle, je suis tranquille, elle se remettra. Elle aura peut-être toujours une petite fissure à l'âme qui la rendra triste certains jours de pluie, mais le sang est trop vif dans ses veines pour qu'elle n'accepte pas très rapidement de reprendre, de recommencer à vivre. Elle reverra Madeleine au cinéma et pleurera, puis elle retournera à ses marmots, à ses travaux. C'est cela la santé.

Je veux lui donner congé, mais elle refuse. Elle tient à passer la nuit avec moi. Sait-on jamais… Les habitants de Macklin attendent eux aussi. Ils ne seraient pas étonnés d'apprendre de Jim qu'on a relevé le rideau durant la nuit, qu'un acteur avait oublié une réplique… un jeu de scène.

Mais je n'ai pas de force. Je m'endors avec le whisky, un peu haletant, inquiet. Mon château de cartes gît dans la poussière. Une grande main impitoyable l'a renversé. J'attends que la poussière retombe, mais la perturbation se prolonge. Rien ne se repose. Il me reste le sommeil que je gagne péniblement en contemplant une étoile rouge dans une chevelure rousse.

# 6

Les eaux se calment lentement. La ville peut recommencer à penser à autre chose. La police est discrète. Richard est discret. L'enquête du coroner, présidée par le docteur Laurent, n'a rien révélé que nous ne sachions déjà. Ses yeux caverneux n'exprimant rien, la voix froide, le docteur Laurent m'a affirmé que Madeleine était morte tout de suite, qu'elle n'avait pas souffert. Qu'est-ce, si ce n'est la souffrance, qui l'a conduite à la mort? Mais le docteur Laurent n'a pas à savoir.

Le revolver appartient à Kouri. Il a raconté en tremblant un peu, comme si on allait l'accuser de complicité, qu'il le lui avait montré il y a quelques semaines dans un tiroir sous la caisse. Il ne sait quand ni comment elle s'en est emparé. Tout est éclairci maintenant. L'affaire est classée.

Le remous meurt dans la ville, mais en moi il persiste. J'apprendrai à le supporter.

Thérèse m'a laissé. Elle n'a plus rien à faire chez moi maintenant. Elle faisait partie de l'univers de

Madeleine, non du mien. Je reste seul dans la maison qui demeure hostile. Elle a vomi Madeleine. Moi, je m'entête. Mais elle a le temps pour elle. D'autres familles y habiteront lorsque je n'y serai plus. Les choses meurent plus lentement que les hommes, parce qu'elles ne souffrent pas sans doute.

On ne me dérange pas. Il leur faudra du temps pour s'habituer à l'idée que je ne suis pas mort. Puis un jour ils s'apercevront que je suis resté, comme une épine à leur pied.

Ce soir, je prends le train et ramène une morte à sa mère. Je ne peux que lui rendre le corps. L'âme m'habite et je ne puis m'en décharger. Je ne sais quand je reviendrai ici, ni même si je reviendrai. Je dois auparavant panser mes plaies, apprivoiser l'âme de Madeleine en moi, lui assigner sa place.

Il y aura ma mère et son visage effacé. Elle m'accueillera en silence. Elle fut la première à céder devant l'ardeur de Madeleine. Elle m'attend peut-être depuis ce jour-là. Les mères ont la chair perceptive et beaucoup de patience. Je ne saurai jamais ce qu'elle pense de tout cela. Elle me regardera vivre à côté d'elle sans dire un mot, ne se préoccupant que de mes besoins physiques. Elle saura que Madeleine qui la fit reculer me possède encore et elle se repliera de nouveau.

Je suis moins rassuré quant à la mère de Madeleine. L'ardeur de Madeleine est chez elle de la furie. Ma mère peut encore regarder vivre son fils. Celle de Madeleine ne pourra que contempler une morte et les débris du rêve qu'elle avait fait de marier sa fille à un médecin. J'ai pitié d'elle, mais je n'aurai sans doute pas le courage de le lui exprimer. Je n'aurai pas non plus le courage de supporter la vue de sa haine, de son ressentiment de dépossédée. Je n'irai peut-être pas la voir.

Je prends un dernier verre de whisky. J'avale de l'amertume. Il m'a permis de continuer à aimer Madeleine en m'aveulissant. Je n'en ai plus besoin. Je ne peux descendre plus bas.

# 7

Dehors, c'est la nuit, apparue à l'improviste. Elle a d'abord palpité à la ligne d'horizon, puis elle a léché de grands pans de ciel en paraissant reculer à mesure qu'elle progressait, comme une flamme, pour s'étaler enfin d'un coup, sans apporter de fraîcheur. Les feux qui la trouent ne rayonnent pas, étouffés par l'humidité.

Je n'ai pas allumé la lampe et la luminosité rougeâtre de la rue, provenant des néons, découpe les fenêtres, leur prête la dignité de vitraux. Les pétarades atroces des motocyclettes me déchirent l'oreille. Tous les soirs, c'est le même vacarme. Tous les jeunes mineurs possèdent une moto cet été, semble-t-il, et ils s'assemblent tous sous mes fenêtres, après dîner. Ils sont les hôtes de Kouri. Fainéant, impassible, Kouri les reçoit nonchalamment. On peut n'avaler qu'un café chez lui et y passer des heures sans qu'il sourcille. Je supporterais assez bien Kouri et son établissement, n'étaient les motos. Ces infernales machines se taisent un instant, vos nerfs se détendent ; puis la pétarade reprend et c'est comme si l'on vous enfonçait une aiguille dans la moelle épinière. Cela dure jusque fort avant dans la nuit.

Je recherche l'engourdissement dans les ténèbres et j'y parviens assez bien. Dans l'appartement, les meubles prennent un relief dur que je ne leur connais pas. La lumière de la nuit crée des zones d'ombre, double la profondeur des pièces comme pour brouiller des pistes, modifier le décor, dissimuler ce qui a été pour que j'en puisse nier l'existence. Je me sens semblable au spectateur dont la bouche forme encore le dernier mot prononcé par le comédien alors que la salle a cessé d'applaudir. Je reste seul en scène, le survivant dont on ne se demande jamais ce qu'il deviendra. Les choses, elles, n'ont pas dû oublier. Pourtant, je briserais la lampe sur la petite table du salon, j'écraserais sous mes pieds son abat-jour de lin rose que personne ne m'arrêterait d'un cri horrifié, que nul ne me rappellerait que Madeleine l'avait choisi et l'aimait. Madeleine ? Déjà le nom exprime difficilement le corps, la réalité vivante. Une photo subsiste quelque part. Le visage stupéfié, figé ; la négation même du mouvement. Et Madeleine n'était que mouvement.

Il n'y aurait peut-être qu'à allumer la lampe et je retrouverais tous les personnages à leur place. Moi, assis dans ce même fauteuil gris, attendant l'appel téléphonique qui me permettrait de regagner la coulisse, me délivrerait. Elle, à demi couchée sur le divan rose, à l'autre extrémité de la pièce, feuilletant une revue sans la regarder vraiment, sans cesse agitée, pliant et allongeant les jambes, se redressant d'un coup de reins, l'œil mi-clos pour me regarder avec l'air de ne fixer aucun point précis. Ou, Richard serait là, lui aussi, sur le divan rose, assis bien droit, gauche et contraint. Madeleine s'agiterait à ses côtés. Il fermerait les yeux pour ne pas répondre à l'interrogation des miens. Les mains vides de Madeleine se crisperaient d'impuissance. Eux aussi seraient délivrés par la sonnerie du téléphone.

Richard. Qui m'a torturé atrocement, que j'ai haï et presque aimé, parce qu'il n'était pas libre de m'épargner. Il a bouleversé ma vie avec ses grands yeux bleus, tantôt perdus, à la dérive, et tantôt fixes et durs, avec sa mèche de cheveux noirs toujours tombée sur le front, son long corps qui n'était à l'aise qu'en plein air, sa puérilité, sa douceur et son dénuement, sa force physique et son impuissance à comprendre ce qui le blessait. J'ai eu pitié de lui aussi. Il survit; c'est son tourment. Les jours qui se suivaient sans que la vie s'interrompît, et un peu sa vulnérabilité aussi, le plaisir inavoué de ne le voir point heureux en dépit de son bonheur m'ont conduit à une résignation qui était plus un équilibre moral qu'un consentement. Le recul me rend plus clairvoyant.

Et si je cherche tant à ressusciter leurs deux ombres dans cette pièce, dans ce vide où je me sens perdu, c'est que je sens qu'on m'a arraché des mains la solution.

Comme si j'avais parié sur la corde raide et qu'elle s'était brisée, bêtement, parce que j'avais hésité une seconde de trop. Je tenais une des ficelles du destin de Madeleine, mais je ne l'ai su qu'après, quand tout était rompu. La sourde souffrance qui me reste vient de cet instant où je n'ai pas agi. Mais il y a plus de trois mois que le rideau est tombé et on joue autre chose.

Ce soir, j'ai repris mes consultations. Il est venu deux femmes. Le docteur Lafleur, Arthur Prévost et Kouri m'ont aussi rendu visite, mais pas comme clients. Avec eux, j'ai raccordé les jours.

J'avais fait annoncer dans un journal de la ville que j'exercerais de nouveau la médecine aujourd'hui. Après dîner, le cœur m'a manqué. Je ne voulais pas tout à coup renouer avec le passé, me soumettre de nouveau à la torture de leurs regards, mais je me levai automatiquement lorsque le timbre de la porte résonna. Les réflexes jouaient encore.

Les femmes ne voulaient que renifler ma douleur avec des visages de pierre, sans même faire l'effort d'une fausse compassion.

— Ah ! C'est bien triste, docteur. Mais elle est bien punie !

Mon sang ne fit qu'un tour. Punie, elle ! Mais sa vie ne fut qu'un tourment. Je me calmai en rangeant des papiers sur ma table. Puis, je lui demandai très simplement :

— Punie, madame ? Pourquoi ?

Elle demeura bouche bée, n'osant me donner la

réponse qu'elle n'eût pas manqué de donner à n'importe qui d'autre. Je la tirai d'embarras en lui demandant le prix de la consultation, le prix d'une conversation sur son mari et ses enfants. Les deux femmes m'examinèrent avec un air que je connais bien, celui qu'elles ont devant un homme qui va mourir.

Le docteur Lafleur me salua de son sourire bienveillant, un peu las. Je ne sais ce qu'il a su de mes difficultés, mais il n'y a jamais fait allusion. Ce soir il ne pouvait éviter de m'exprimer directement sa sympathie et je me raidis. Il me regarda paisiblement de ses yeux d'un bleu laiteux.

— Cette consultation ?

Il n'osait ajouter : « Pas trop douloureux ? » Mais sa sérénité même m'empêchait de lui avouer que j'avais dû avaler la méchanceté au compte-gouttes. Je serai toujours ici maintenant l'homme-dont-la-femme…

— Deux femmes seulement.

— J'ai bien besoin de vous. La chaleur des derniers jours a eu raison de mes jambes. C'est à peine si je peux travailler quelques heures le matin. L'hôpital et les consultations chez moi. Il y a une semaine que je n'ai pas fait de visites à domicile.

Il sourit, avec un drôle de plissement aux sourcils.

— Je commence à m'entendre battre le cœur. Ce n'est plus moi qui ferai augmenter la population de Macklin.

Il ne m'a pas laissé le temps de le rassurer.

— Marie Théroux doit accoucher cette nuit ou

demain. Vous la connaissez, je crois. Pouvez-vous vous occuper d'elle ?

Marie Théroux. Elle accouchait tous les ans et peu s'en fallait qu'elle n'y restât chaque fois. Un sang rose qui filait, qui filait. Le docteur Lafleur avait accouché sa mère, au sang aussi léger, à une époque où les transfusions étaient rares. Il lui est arrivé de passer une nuit entière à lui injecter de l'eau et du sel, de quoi faire un sang aussi rose que le premier. J'acceptai.

Le vieux médecin se tut un moment, puis il me dit la voix étranglée :

— Vous aurez de la peine à tenir le coup.

Personne dans la ville ne s'attendait à mon retour. Ses mots avaient créé entre nous une atmosphère où je ne voulais pas me laisser prendre, une atmosphère douceâtre où il eût été si facile de prendre le vieil homme à témoin de mon destin, de tout lui confier d'un bloc. « Je ne suis pas d'acier, docteur. En quelques mois, je me suis complètement vidé. Mon âme, je l'ai épuisée à essayer de comprendre, à me laisser déposséder de tout pour qu'un autre fût heureux. Et j'ai échoué. Tout cela pour rien, rien. La ville n'a compris que ce qu'elle voulait comprendre, mais je ne suis pas loin de lui donner raison ce soir. » Qu'aurait pu me répondre cet homme serein ? Il n'aurait qu'essayé de comprendre, comme moi.

— Je verrai. Je me suis donné un délai.

Le vieux médecin se pencha en avant, comme décidé enfin à parler.

— Je ne vous ai jamais donné de conseil. À mon âge, c'est trop facile et… inutile. Mais ce soir je veux vous en donner un. Il y a plus de quarante ans que je les connais. Ils sont sans pitié, pour eux-mêmes et pour les autres. On vous tient pour le seul coupable. Vous seul êtes indemne…

— Indemne !

Le cri m'avait échappé. J'eus peine à ne pas pleurer de stupéfaction.

— Pour eux, vous n'avez rien souffert. Vous leur semblez être de connivence avec votre malheur.

— Et pour vous, docteur ?

Je m'apitoyais sur moi-même. Mais enfin, c'était de moi qu'il parlait ainsi ! Ses yeux se rembrunirent. Je forçais de trop près sa pudeur. Il me répondit d'une voix lente :

— Moi ? Je ne vous ai pas jugé. Je ne connais de vous que votre travail et ce que tout le monde sait… Je me suis longuement interrogé. Je vous conseille le départ. Vous êtes jeune. Vous pourrez recommencer ailleurs. Ici, il est trop tard.

— Mais ils me condamnent sans m'entendre, en ne sachant rien !

Un sourire amusé s'esquissa sur la figure du vieux médecin.

— Sans vous entendre ! Je ne sache pas qu'une ville ait jamais entendu un accusé. Le ferait-elle que vous n'y gagneriez rien. Elle craint les grands mots, et vous n'aurez que ceux-là pour vous défendre. On vous accuse de lâcheté. On ne vous pardonnera jamais ce crime-là et votre vie tout entière ne suffirait pas pour leur démontrer que vous ne l'êtes pas.

Le mot me fit frémir. J'entendais le réquisitoire après la condamnation. *Lâcheté!* Je l'avalais comme un médicament, en fermant les yeux, inquiet, me sentant atteint d'une maladie sans foyer précis. Un mot douceâtre et mou.

— Je peux faciliter votre établissement ailleurs.

Je relevai la tête. Kouri, l'œil absolument terne, était debout dans l'embrasure de la porte. Il était entré sans sonner. Il ne marche pas, il glisse lentement. Il avait dû entendre les derniers mots du vieux médecin. Je le scrutai. Son visage n'exprimait rien. Sans empressement, il dit :

— Je reviendrai plus tard. Excusez-moi.

Mais le docteur Lafleur se levait, prenait congé. Sa figure trahissait une grande fatigue. Il me tendit la main.

— Je reviendrai demain. J'espère que Marie Théroux n'accouchera pas dans la nuit. Prévenez-moi, si vous avez de la difficulté.

Et il quitta mon bureau, voûté, la tête inclinée vers l'épaule gauche.

— Hé bien! Kouri, qu'est-ce qui ne va pas?

Il se tenait debout, mince, noir, énigmatique. Il glissa jusqu'au fauteuil que le docteur Lafleur venait de quitter et s'y assit sans hâte.

— Rien. Je voulais vous voir.

Il ne servait à rien de presser Kouri. Il regardait droit devant lui, les cheveux hirsutes, le visage immobile, les mains jointes aux genoux. Kouri aura toujours mauvaise conscience à cause du revolver.

— Vous ne devriez pas rester enfermé ici.

— Où veux-tu que j'aille, Kouri?

— Je ne sais pas. Un voyage peut-être.

— Je viens de prendre un repos de trois mois.

— Ou encore…

Longue pause immobile encore. Puis il se passa une main dans les cheveux.

— Vous feriez grand plaisir à madame Kouri en venant passer quelques jours au lac.

Le lac, c'est le Shangri-la de Kouri, à quelques milles au sud de Macklin. Il s'est percé un chemin à lui tout seul à travers la forêt. Il a construit une grande maison dans le style de son restaurant. Il a fait disparaître une belle plage de sable sous une esplanade de béton. Il vit là cinq mois par année avec sa femme et son bébé, ne recevant tout ce temps qu'un ou deux visiteurs. Kouri, mon ange gardien.

— Merci, Kouri, mais j'ai repris mes consultations. Je ne peux vraiment pas quitter.

— Vous pourriez venir le soir. Par cette chaleur, vous dormirez mieux chez nous.

— Les appels de nuit?

— Il y a d'autres médecins.

J'allais apparemment l'apprendre qu'il y avait d'autres médecins à Macklin. Kouri retomba dans son silence. Puis, d'un geste lent, nonchalant, il fouilla dans la poche arrière de son pantalon et en tira une bouteille de whisky. Une de ses bizarreries. Au moment où vous vous y attendez le moins, n'importe où, il produit une bouteille et vous offre à boire. Il n'est pas question de refuser. Il me serra la main ensuite et partit comme il était venu, sans bruit, sans hâte.

Ce fut ensuite Arthur Prévost. Il ne resta pas deux minutes dans mon bureau. Le visage dur, très homme d'affaires, il me dit qu'il m'attendait le lendemain à son magasin.

— Vous comprenez que je n'aie pas réclamé plus tôt. Les événements… Mais il est temps maintenant de mettre nos affaires au net.

La sirène qui avertit la ville qu'on va procéder à des explosions résonne, stridente et écorchante. Quelques secondes plus tard, ce sont les détonations qui secouent la maison, s'étendent sur la ville par ondes successives qui vont mourir dans les collines, de l'autre côté du lac. Il est onze heures vingt. J'enlève ma chemise qui me colle à la peau et je m'approche de la fenêtre pour y chercher en vain un peu de fraîcheur. En bas, les motos pétaradent de plus belle. En face, chez le docteur Lafleur, tout est éteint. Le ciel rougeoie au-dessus de la ville pour tomber dans un trou d'ombre. Dans la clarté de l'enseigne de Kouri, la poussière d'amiante tombe lentement. Il va pleuvoir. Il pleut toujours lorsqu'il est possible de voir le rideau blanc de la poussière d'amiante.

J'arpente la pièce. *Lâcheté.* Le mot me colle au crâne, aussi moite que ma peau. Qu'en penserait Madeleine? Elle l'a peut-être prononcé avant les autres. Mais non, je m'égare.

Je passe légèrement la main sur le divan rose. Je n'y éveille aucune ombre. Qu'elle revienne! Qu'elle revienne! Une seconde seulement. Et je saurai l'étreindre pour qu'elle comprenne. Elle seule doit comprendre. Tous ces instants où je n'ai rien pu dire ou faire qui eût empêché quelque chose. *Lâcheté!* Oh! non, tu n'as pu le prononcer ce mot-là! Et, pourtant, je suis sûr que tu n'as pas compris, que tu eus préféré une franche rupture à cette équivoque où je vous ai englués tous les deux, où j'ai coulé moi aussi, après avoir si mal su nager. Madeleine! Madeleine! Rien. Pas un cri ne la recréera. Pas un regret n'effacera cette opacité qui nous empêcha toujours de nous voir.

Partir. Mais je ne puis pas quitter tout cela sans avoir vu clair. J'émerge de ma stupeur enfin, je cesse de vivre au ralenti, mais tout se confond, se mêle. Arrêtez le kaléidoscope. Je veux voir les images une à une, leur donner un sens. Pour m'assurer de ma qualité de vivant, il me faut la logique de la vie. Je dois sortir du cercle, prendre plus de recul encore. Au début, il y avait le bonheur, l'inconscience. Il y avait les sentiments que nous n'interrogions pas, notre passivité, notre ignorance l'un de l'autre, notre bonne nature. Le divan rose ne possédait pas l'identité qu'il a maintenant. La médiocrité. Peut-être. Mais le bonheur peut-il avoir une autre qualité que celle-là ? Oh ! Madeleine, que ne sommes-nous demeurés médiocres, loin l'un de l'autre dans le même lit sans le savoir ! Les enfants seraient venus quand même et, avec eux, un foyer, un peu grisâtre, mal assuré, mais qui se serait affermi peu à peu d'habitudes et d'acceptations. C'eût été la vie, Madeleine, chaude et pacifiante, sans exaltation, mais sans danger aussi. Et il me faut te chercher sur le divan rose !

Le téléphone. Mais, oui, la vie reprend. Et il faut la vivre. Marie Théroux me fait le don d'accoucher dès maintenant. Je resterai. Je resterai, contre toute la ville. Je les forcerai à m'aimer. La pitié qui m'a si mal réussi avec Madeleine, je les en inonderai. J'ai un beau métier où la pitié peut sourdre sans cesse sans qu'on l'appelle. Je continue mon combat. Dieu et moi, nous ne sommes pas quittes encore. Et peut-être avons-nous les mêmes armes : l'amour et la pitié. Mais moi je travaille à l'échelon de l'homme. Je ne brasse pas des mondes et des espèces. Je panse des hommes. Forcément, nous n'avons pas le même point de vue.

En les aimant eux, c'est Madeleine que j'aime encore. S'ils lui ont donné raison, c'est qu'ils la reconnaissaient pour leur.

Je n'en crois pas mes yeux. Le gros Jim rentre dans sa cabane en titubant. Est-ce qu'il s'humanise ? Il se saoule maintenant !

CRÉDITS ET REMERCIEMENTS

Les Éditions du Boréal reconnaissent l'aide financière du gouvernement
du Canada par l'entremise du Fonds du livre du Canada (FLC)
pour leurs activités d'édition et remercient le Conseil des arts
du Canada pour son soutien financier.

Les Éditions du Boréal sont inscrites au programme d'aide aux entreprises
du livre et de l'édition spécialisée de la SODEC et bénéficient du programme
de crédit d'impôt pour l'édition de livres du gouvernement du Québec.


Couverture : Étienne Lafrance, *Collier*, 2012

MISE EN PAGES ET TYPOGRAPHIE :
LES ÉDITIONS DU BORÉAL

ACHEVÉ D'IMPRIMER EN JUIN 2014
SUR LES PRESSES DE L'IMPRIMERIE GAUVIN
À GATINEAU (QUÉBEC).